集英社オレンジ文庫

金襴国の璃璃

奪われた姫王

後白河安寿

JN054255

本書は書き下ろしです。

金襴国の璃璃
奪われた姫王

もくじ

人物紹介＆用語集

蒼仁《そうじん》
亡国となった青金国の王子で今は璃璃の従者。水属性。

璃璃《りり》
金襴国の姫だが無属性。十六歳なのに十一、二歳にしか見えない。

琥珀《こはく》
璃璃の飼い猫。

大陸
かつては金襴《きんらん》国、青金《せいきん》国、緑柱《りょくちゅう》国、石榴《ざくろ》国、琥珀《こはく》国の五国が存在していた。現存するのは金襴国と石榴国のみ。

翠璋《すいしょう》

先代の丞相の息子で璃璃の婚約者。金と水の双属性。

炎羅《えんら》

金欄国と敵対する石榴国の若き王。火属性。

※属性

大陸の人間は金、水、木、火、土のいずれかの属性を持つ。まれに双属性や無属性の人間も存在する。各国の王族はより強い属性の力を持つ。

※相生（そうじょう）

相性のいい属性同士の関係。

※相剋（そうこく）

相性の悪い属性同士の関係。

イラスト／真崎はるか

金襴国の璃璃

きんらんこくのりり

奪われた姫王

第一章　木の簒奪　金の夢魔

白銀に雲母《うんも》を刷《は》いたきらめく壁に、黒檀《こくたん》の姿見がかけられている。

璃璃《りり》は、真剣な面持《おもも》ちで鏡の前に立った。鏡面に映るのは、初対面では十六歳とは決して思われず、十一、二歳と誤解される小柄な身体《からだ》つきの少女だ。

歳《とし》相応ではない見た目に思うところはあるものの、それ以上に気になるのは――、

「……ない」

視線は自分の胸もと、鎖骨の下あたりへ注がれている。

もう一度じっくり見て確かめなければと、豊かな金の髪をかき分けて背へ流し、薄紅《うすべに》色の上襦《じょうじゅ》の合わせを開いた。

控えめな胸の谷間は、無垢《むく》な雪のごとく真っ白でつやつやしている。

「やっぱり、ない」

目を皿のようにして見ても、胸もとに印がない。両親も兄も金欄国《きんらんこく》の王族ならば皆持っ

ている金色の宝玉の印が――見つからない。

「はあ、急に現れたりしないか……」

がっくりと項垂《うなだ》れた視界の先を、白いものがぬるりと過ぎる。

「ニャア」

「コハク」

名を呼ぶと利口に返事をして足へすり寄ってくる。

黄色と赤を足したような琥珀《こはく》色の輝きを宿す瞳に、ほっそりとした身体、柔らかな白い毛がふわふわとなびき、左前脚《あし》のつけ根にある黒い桜の花びら模様がかわいらしい猫だ。

三年前、たまたま王城の庭へ入り込んだのを見つけて以来、璃璃の飼い猫となっている。

「おいで」

しなやかな身体を抱き上げたところで、部屋の外から声がかかる。

「姫さま」

「いけない」

璃璃は慌《あわ》ててコハクを下ろし、胸もとを整えた。上襦の裾《すそ》を下裙《かくん》へ押し込める。

「どうぞ」

「失礼します」

律儀に戸口で一礼してから入ってきたのは、白皙《はくせき》の面差《おもざ》しに艶《つや》めいた瑠璃紺《るりこん》色の短髪、武人らしく鍛え上げられた体軀《たいく》をした二十歳《はたち》の青年、蒼仁《そうじん》だ。

彼はわけあって璃璃の従者をしているが、本来は人質として隣国からやってきた元王子である。

両手に満開の桃の枝を抱え、春の香りを振りまきながら近づいてくる。

「陛下への見舞いの花はこちらでよろしいでしょうか」

「素敵！　いつもありがとう。少し待ってね、もう支度が終わるから。そうしたらお父さまへ届けに行きましょう」

桃は病魔を退《しりぞ》けるといわれている。一年以上病の床につく父はすでに自分は長くないと考えているきらいがあるが、少しでも気が晴れればと思う。

（前みたいに元気になってもらいたい……）

気を抜くと眉が下がってしまうのを、慌てて穏やかにする。自分は笑顔でいなければ。

璃璃は金の輝きを宿す髪へ、さらに純金の簪《かんざし》を挿した。金色を重ねすぎかもしれないが、父の好きな色であり我が王族にとって特別な色でもあるので、これでいい。

足もとで背伸びをしているコハクを抱き上げて肩に乗せれば、これで準備万端だ。

「それ、連れていくんですか？」

「もちろんよ。蒼仁は怖いものなんてなさそうなのに猫が苦手なんて、不思議ね」

「別に猫が怖いわけではありません。そいつと微妙に波長が合わないだけで」

蒼仁はコハクを乗せていない右肩のほうへ立ち、廊下を歩みはじめた。肝心のコハクはまるで蒼仁を気にしてはおらず、大きなあくびをしている。

しばらく進んだところで、蒼仁が切り出してきた。

「ところで、また鏡を覗《のぞ》いていませんでしたか？」

平静を装っていた璃璃は、図星をさされてうっとつまる。

「だって、気になるんだもの」

この大陸に住む者は、金《きん》、水《すい》、木《もく》、火《か》、土《ど》のどれかの属性を持ち、胸もとにそれぞれ黄金、青金石《せいきんせき》、緑柱石《りよくちゆう》、石榴石《ざくろ》、琥珀玉《こはくぎよく》の印を宿して生まれてくる。

しかし、璃璃は生まれつき一切の印がない。属性を持たない者――『無属性《むぞくせい》』だった。

子供の属性は、普通父母の持つ属性のかけ合わせによって決まる。両親が同属性ならば子供もまた同属性、違う属性の場合はどちらかを継ぐ。ただし金と木、水と火といった『相剋《そうこく》』といわれる片方がもう片方を打ち消す属性の場合は、優位な属性のほうが子供へ遺伝しやすい。

その中で、ごくまれに両親もしくは近い血縁から二種類の属性を継ぐ者がいて、それは

『双属性《そうぞくせい》』と呼ばれる。さらに低い確率で生まれるのが、璃璃のような無属性だった。

希少な無属性は、場合によっては重宝される。

なぜなら親が無属性の場合、子供は配偶者の属性をほぼ確実に引き継ぐといわれている。

そこで、自分の属性を絶対に子へ継がせたいと望む者は、無属性と婚姻《こんいん》を結びたがるのだ。

だが、璃璃の場合は重宝どころか逆。

金襴国の王族は基本、金属性であるべきとされている。さらに、同じ属性内でも力の強い弱いがあり、王族は誰より強い金属性が求められる。

創世神話には金襴国の民は建国者の神王《しんおう》から金属性を引き継ぎ、王族は国土を守るためにそれを正常に保ち続ける責務を負ったとある。

それゆえ、率先して強い金属性を継承し続けなければならないのだ。

つまり——璃璃は生まれながらにして落ちこぼれの姫なのである。

だから、毎朝鏡を覗き込むのをやめられない。

「もしかしたらある日突然眠っていた力が目覚めるかもしれない。だって、髪の毛はこんなに金色なのに」

父や兄、そのほかの遠い親族も金属性ではあるが、髪色はこの国で最も一般的な、黒みを帯びた落ち着いた色合いをしている。璃璃だけが神王と同じ珍しい金色をしているのは皮肉なものだった。

　すると、真面目な蒼仁は凜々《りり》しい眉をさらに吊《つ》り上げ、かしこまって言った。

「宝玉の印などなくとも姫さまは姫さまです。陛下も亡き王妃さまも王太子殿下も、誰一人あなたを責めたりなさっていません。城にいる者は皆、属性など関係なくあなたを『金の姫さま』と呼び、心から大切に想っていますよ」

（それは……知っているけれど）

　家族はもちろん、王城に侍《はべ》る高位高官の者たちから下働きの者まで、誰もが璃璃には優しい。彼らの愛を疑ったことは一度もないし、自分は誰より甘やかされてきた箱入りの姫君だと自覚している。

　だが、それとこれとは話が別なのだ。

「蒼仁にはわからないわ。立派な青金の印があるじゃない」

　苦しまぎれに彼の胸の中央を指す。衣に隠されたそこには、祖国青金国《せいきんこく》の王族に相応《ふさわ》しい青い宝玉の印があるのだ。

「何度も言いますが、水属性とはいっても俺の能力は弱いです。印は少しも光らないし、特別な力はなにも使えません。ただ印があるだけで、姫さまとなにも変わりません」

「そんなことは……」

「俺だけではありません。遠い昔は強い属性を持つ者ばかりだったかもしれませんが、今はだいたいが弱く、力の使える者などごく少数。王族と少しの高官の方くらいですよね？みんな姫さまと同じです」

「そうだけど、そうじゃないのよ……」

属性はあるけれど弱くて力が使えないのと、そもそも属性がないのは大違いである。だが、蒼仁はこの話題になるといつも『変わらない』、『同じ』と言い張るので、璃璃はじれったさを募らせるのだった。

そんなこちらの心を知らない春爛漫《らんまん》のあたたかな風は、李《すもも》の花の香りを運んでくる。甘くてどこかほろ苦い。

「おや、なんでしょう」

ふと、蒼仁が足を止めた。続いて、けたたましい足音が聞こえ、廊下の向こうに影が現れる。

「姫！」

緊迫した面持ちの男性だ。

光の加減によっては青緑色にも見える黒髪、揃《そろ》いの色で意志の強そうな光が灯《とも》る瞳は女性と見紛《みまが》うほど長いまつげに縁どられている。端整な鼻筋ときりりと引き締まった唇は理想的な美しさを誇り、王城内で働く女性たちの心を摑《つか》んでやまない秀麗な見目の彼は――。

「翠璋《すいしょう》」

幼い頃に決められた璃璃の婚約者だ。

すでに隠居した先代の丞相《じょうしょう》の息子であり、彼自身も吏部尚書《りぶしょうしょ》という若き出世頭《がしら》。頭脳明晰《めいせき》、容姿端麗、さらに特筆すべきは、金と水の二つの属性を持つ双属性である。しかも属性の力が強く、特殊な力が使える。

そのため早々に王から目をつけられ、娘の婿《むこ》と決められたのだ。二人が結婚すればその子が翠璋の属性を引き継いだ双属性になると見込んで。

彼は婿として非の打ちどころのない相手だった。欲を言えば年齢が二十五歳で少し離れているくらい。誰もがうらやむ相手との婚約に、普通の少女であれば胸をときめかせずにはいられないはずなのだが……。

（なんとなく、しっくりこないのよね）

しゅうんと肩をすぼめて、璃璃は視線をそらした。

飼い主の意気消沈ぶりに反応して、肩に乗るコハクは毛を逆立ててしっぽを膨らませる。

璃璃と同様、コハクも翠璋が好きではなかった。いつも出会えば敵に遭遇したとばかり臨戦態勢をとる。

(別に嫌な人じゃないのに……)

ひょっとして美形で完璧な人間が苦手なのかと考えてみたが、すぐに違うと気づく。なぜなら、蒼仁もそうとうの美男子で賢く健康的で、王城中の女性の憧れの的だ。しかし、彼のことは純粋に好きなのだ。

(ただ単にわたしの好みじゃないだけなのかな)

そもそも璃璃は見た目が幼いばかりではなく精神的にも未熟であり、まだ恋すら知らないのでよくわからない。

翠璋は早足で歩み寄ってくると、廊下の中央で両手を広げた。この先は通さないとばかりだ。

「なに?」

「たいへん残念なお知らせです」

(まさか……!)

父の容態を察してはっとする。

「もうお会いにはなれません。陛下の龍顔《りゅうがん》はすでに血赤《けつせき》の浮腫《ふしゅ》で覆《おお》われております」

「っ」

父の罹患《りかん》した病は『血赤の病』と呼ばれる。敵対している隣国の石榴国《ざくろこく》において大流行している疫病《えきびょう》で、交戦中の陣の中にて発症した。戦《いくさ》は現在停戦中だ。

血赤の病は罹患すると身体にぷつぷつと血豆に似た浮腫ができ、徐々に全身へ広がっていく。しまいには顔までをも埋め尽くし——それは臨終のときを意味する。

「お父さま……！　いや、会わせて」

「なりません。万一にでも浮腫にふれれば、姫のお命も危うい」

道を塞ぐ翠璋は険しい口調で言う。

隣から蒼仁もおずおずと口を挟んできた。

「お気持ちはお察ししますが、翠璋殿の言うとおりです。いったん部屋へ戻りましょう」

「いや！　外からだけでも、一目でいいから」

袖《そで》にふれた蒼仁の手をすりぬけ、翠璋を突破しようと試みる。だが、あっさりと手首を摑まれてしまった。

「痛い、放して！」

「失礼しました。蒼仁、姫を止めなさい」

「姫さま、どうぞお鎮《しず》まりください。陛下の眠りを妨げてはなりません」

蒼仁が背後から低い声でそっとたしなめてくる。

「あ……」

我を忘れかけていた璃璃は、はっとして瞳を見開いた。

長らく苦しんできた父が、静かに旅立とうとしている。娘の甲高《かんだか》い声が響けば、父は心配して安らかに逝《い》けないだろう。

急速に勢いを失って、身体から空気が抜けていくような心地がした。

璃璃が黙ったのを見て、翠璋は乱れた袖口を直しながら言う。

「あとのことはわたしにお任せください。一応これでも水属性、癒《いや》しの力も使えますので試してみます」

彼は着物の前合わせに二本指を差し入れて開いてみせた。胸もとに金と青が混じった不思議な輝きを宿す印が現れる。人よりひと回り大きいのは、力の強さの証《あかし》だ。

強力な水属性の能力者は、病や怪我《けが》を治す不思議な力が使えるという。そのため医師の適性を持つ者が多く、翠璋もまたそうだった。

「部屋へ戻りましょう」

蒼仁に促《うなが》されて、璃璃はうなずく。だが、表面上は納得しても、身体は動かなかった。足には根が生えたようで、眼《まなこ》は父の部屋の方角から離せない。翠璋がため息をつくのが聞こえたが、どうにもできない。

すると、また新たな人物が翠璋の後ろからやってきた。

「璃璃！」

「ンニャア」

呼ばれた主より先に、肩のコハクが甘えた声を出した。

現れたのは、王太子である兄だった。

黒髪に黒い頭巾《ずきん》をかぶり、白の深衣《しんい》をまとっている。すでに死を悼《いた》む格好をしているのを見て、璃璃の絶望は深まった。

「お兄さま……、お父さまは」

兄は早足でやってくると、励ますように肩を叩いてきた。

「気をしっかり保ちなさい。父上はさきほど旅立たれた」

「――っ」

堪《こら》えていたものがあふれだし、頬《ほお》が熱く濡《ぬ》れる。

「立派な最期《さいご》だった。一瞬だけ意識を取り戻して言ったのだ。『この国を頼む』とね」

「お父さま……、会いたい、わたしも、……」

「なりません！」

強い口調で翠璋が割り入ってくる。兄は一瞬びくっとしてから、翠璋と璃璃を交互に見て肩を落とした。

「そうだね、翠璋の言うとおりだ。残念だが、疫病に侵された遺体は即日火葬せねばならない決まりがある。わたしが代わりにきちんと別れをしてきたから許しておくれ」

「でも、でも……」

「少し話をしよう。二人にしてくれるか？」

「かしこまりました」

兄の言葉に翠璋も蒼仁も深々と頭を下げる。璃璃は兄に連れられて庭へ向かった。


薄紅色の天蓋《てんがい》のごとく咲き誇る桜の木の下、青々とした植え込みに沿うように配置された大理石の腰掛けに兄妹《きょうだい》は並んで腰かけた。

目の前には翡翠《ひすい》色に輝く丸い池が広がり、縁を鮮やかな黄色の菜の花が囲んでいる。二人の足もとでは、コハクが風に運ばれてくる桜の花びらと戯《たわむ》れて跳びはねたり、駆けまわったりしていた。

父が死んだというのに、憎たらしいほどのどかでうららかな春の光景だ。

「どうして……わたしは、お父さまに会ったらいけないの？　翠璋は意地悪だわ」

涙まじりに訴えると、兄は緩く首を振る。

「お前を大切にしているだけだよ。万が一病に罹患したらいけないと」

「でも、もう会えないのに」

「わがままを言ってはいけない。泣くのも終わりだ。父上はずっと勇敢に病と闘っておられた。一年以上も保てたのは奇跡に近いことだと皆言っていたよ」

血赤の病に罹患した者は、ひと月ともたず天に召されるのが普通だ。

その中で父が永らえたのは本人の強靭《きょうじん》な精神力と生命力のほか、大陸中から集められた優秀な医師の力あってこそだった。

「父上は病の床でも凜《りん》とされていた。『苛烈《かれつ》王』に相応しい最期だったよ。我らもその子供として前を向いていこう」

苛烈王――いつの頃からか周囲が呼びはじめ、父も気に入り自《みずか》ら名乗るようになった称号だ。

彼は生涯を戦へ捧げたといっても過言ではない。

領土を拡大し、国力を強め、大陸を統一しようとひた走っていた。

璃璃が生まれるしばらく前、父はまず北の緑柱国《りょくちゅうこく》を攻め滅ぼした。同盟関係を破棄し、他国と戦争中に背後から突いたのだ。

周辺諸国から非難されてしかるべき状況だったが、さほど問題にはならなかった。

というのも、当時の緑柱国には、創世神話で三つの禍《わざわい》の一つとされる『悪意』がはびこっていたからだ。

緑柱国王は政治を顧《かえり》みず、城は佞臣《ねいしん》が牛耳《ぎゅうじ》り、統制の取れていない国で民の暮らしはすさむ一方だったという。

父は武力でかの地を制圧することで、禍を退けたのだと自負している。

以降、西の青金国内で二つ目の禍である『飢饉《ききん》』が発生すると、禍を潰《つぶ》すためという大義名分を掲げて軍勢を挙げた。

二年間の激しい抗争の末、勝利。

青金国は属国となった。

ただし、緑柱国王とは異なり青金国王は清廉潔白《せいれんけつぱく》な人物であった。民の反発を避けるため、王は殺さず自治区の族長として残すことにした。

そして、王妃と王子を人質に差し出させたので、王も民も以後金襴国に逆らえなくなった。族長とは名目上にすぎず、権力は中央から派遣された州牧《しゅうぼく》が握った。

ちなみに、そのとき連れてこられた人質の王子が蒼仁である。

さらに数年後、東の石榴国内で三つ目の禍の『疫病』が流行《はや》った。父は自らの手で最後の禍を消すべく挙兵。しかし、陣中で自らも病を得て、志《こころざし》半ばで儚《はかな》くなったのだった。

「……苛烈王なんて褒め言葉じゃないわ。戦をしなければ、死なずにいてくれた。わたしにとってお父さまは苛烈でもなんでもなくて、ただ優しい人だったのに」

歳をとってから生まれた娘だったせいか、父は目の中に入れても痛くないとばかり璃璃をかわいがってくれた。苛烈ではない父の側面を璃璃は愛していた。

兄に愚痴《ぐち》を言っても仕方ないのはわかっているが、あふれだす感情が止まらない。

「父上は父上なりの理想があって、それをまっとうしたのだよ」

「わかっているけれど、納得ができないの」

「璃璃、よく聞いて」

兄はなだめるような声で言うと、首を傾《かし》げて覗き込んでくる。

「父上がすべて正しかったとはわたしも思わないよ」

「本当？」

「本当だとも。そもそも、父上はなぜ戦に明け暮れていたのか知っているかい？」

璃璃はうなずきながら在《あ》りし日の父を思い出す。

戦から帰った父は、つかの間の休息時間をよく一緒に過ごしてくれた。南向きの日当たりのよい窓辺へお気に入りの椅子《いす》を寄せ、璃璃を膝《ひざ》上に乗せて語った。

『古来、大陸は三つの禍に支配されていた。『悪意』と『飢饉』と『疫病』だ。人々がもがき苦しむ中、金の髪をした神王が降臨し、忠実な四人の神将《しんしょう》と共にすべての禍を駆除して全土を平《たい》らかにした――』

金襴国の創世神話である。

「お父さまは神王に倣《なら》って三つの禍を退治するんだっておっしゃっていたわ」

「そのとおりだよ」

兄はくしゃっと笑みを深めて、よくできましたとばかりに頭を撫《な》でてくれる。くすぐったさに肩をすくめれば、いつの間にか涙が止まっていたのに気づいた。

「だけどね、禍を退けるのは戦でなくともできるとわたしは考えている」

「どうするの?」

身を乗り出すと、兄は迷いのない笑みを浮かべた。

「手を取り合う」

立ち上がった兄の頭巾を春風がさらう。璃璃とは違う、父譲りのさらさらな黒髪がなびいた。兄はそれをかきあげながら振り返る。

「わたしが王になった暁《あかつき》には、石榴国と和平を結ぶ。それから、青金地区の独立も認めようと思う」

「つまり、全面的に戦をやめるということ?」

「ああ。わたしは父上とは違う方法で全土を平らかにしたい」

武芸が苦手で学力優秀な兄は、これまで勇猛果敢《ゆうもうかかん》な父と比較されて気弱だの理想ばかり語る頭でっかちだのと陰口《かげ》を言われがちだった。

(でも、そんなのは嘘《うそ》だわ)

背筋を伸ばし凜として宣言する姿は、どこからどう見ても頼もしい君主のものだ。

璃璃もつられて立ち上がり、兄の隣へ並ぶ。コハクが遊んでくれると勘違いしたのか足もとにじゃれかかってきたので抱き上げた。あたたかなぬくもりを腕に包み、兄をまっすぐに見つめ返す。

「素敵。わたしも、そうしてほしい」

「他人事《ひとごと》ではないよ。お前も協力するんだ。いいね？」

「……っ、はい！」

それから、兄妹は明るい未来の話をした。

王位を継ぐにあたり、兄は先延ばしになっていた花嫁を決めるという。石榴国がもし応じてくれるのなら、そちらの王族ゆかりの姫を王妃として迎えたい。

独立を認める青金地区へは、蒼仁を帰国させ、族長を王に復権させることで友好関係を回復させる。

(わたしも頑張る。お兄さまと一緒になってこの国を盛り立てていこう)

強い想いに応《こた》えるよう、はらはらと桜の花びらが降ってきて金の髪をまだらに彩った。

輝かしい未来はすぐそこだ。

父を失った悲しみを越えていけそうな気がした。


だが夢見た希望は、翌日もろくも崩れ去る——。

「え？　もう一度言って」

朝一番に翠璋の訪問を受けて戸惑いながら応対すれば、再び意味のわからないことを告げられた。

「今朝、王太子殿下が身罷《みまか》られました」

璃璃は、ぽかんとして立ち尽くす。

(変ね。寝ぼけているみたい……)

けれども、目の前の相手は眉目秀麗な面持ちを悲しげにゆがめる。

「城内はたいへん混乱しております。死因は不明ですが、昨日陛下のご臨終にお立ち会いになられた際、同じ病に感染された疑いがあります」

（死因？　陛下？　病って……誰が？）

異国の物語でも聞かされているのかというほど、頭に入ってこない。

「かわいそうな姫。父君にも兄君にも先立たれて、あなたは独りぼっちになってしまった」

ぼうっとしていれば、翠璋がふわりと袖を広げた。どういうつもりか腕の中に璃璃を包み、幼子《おさなご》をあやすような手つきで金の髪を撫でてくる。

「この小さな肩に国を背負わせるのはたいへん心苦しいですが、もうあなたしかいないのです」

「待って」

混乱で目が回る。だが、必死に言葉を振り絞った。

「翠璋、もう一度言って」

「独りぼっちの哀《あわ》れな金の姫。兄の王太子殿下は今朝身罷られました。早朝に起こしてほしいと頼まれていた女官が部屋へ入ったところ、寝台の上で静かに冷たくなっていたと」

「嘘」

「嘘ではありません。知らせを受けて、わたしもこの目で確認して参りました。残念ながらもう目を覚まされません」

「嘘よ！　昨日あんなに元気だったじゃない。言ったのよ、一緒に頑張ろうって。王になったら、周辺諸国と和平を結んで……。会いに行くわ」

両手を突き出し、翠璋の抱擁《ほうよう》から逃れる。

しかし、彼は昨日と同じく通せんぼをしてくる。

「なりません。先ほど申し上げたとおり、殿下は疫病に罹患された可能性が高いのです」

「可能性？　なら違うかもしれないんでしょう？」

「ご臨終の陛下の手を取り、顔を寄せて別れを告げられていたと報告を受けました。前日までお元気だった殿下が突然お倒れになったとあらば、なおさら未知の病を真っ先に疑うべきです」

「でも、罹患して一日で亡くなるなんて聞いたことがないわ」

「血赤の病は我が国では症例がまだあまりなく、医師たちも詳しいことはよくわかっていません。未知より怖いものはありません」

高位の文官で頭の切れる彼に滔々《とうとう》と語られると、璃璃は圧《お》されるばかりでうまく反論できなくなってくる。

「万が一姫まで病に罹患してしまえば、この国はどうなりますか？　被害を最小限に抑えるため、殿下のご遺体は速やかに火葬すべきと医師らは申しております。その許可を出すのはあなたです。一言おっしゃってください、『諾《だく》』と」

「いやったらいや！」

するると、翠璋は心の底から同情したとばかり大いにうなずいた。さらには慈母のごときまなざしで見下ろしてくる。

「姫には荷が重すぎますね。わたしが全部代わりに背負ってあげましょう。だから今日はもう横になり、目を閉じてしまいなさい。猫でも抱きしめて、あたたかくして、全部忘れて……」

（忘れて……いいの？）

麻薬じみた声に促されるまま、璃璃は寝台へ押し戻された。足もとでコハクが毛を逆立てて唸《うな》っているのが不思議なくらい、身を包む布団があたたかい。

「眠りましょう？　あなたはなにも考えなくてよろしいのです」

つらい現実から目を背けてしまいたい。

「あとのことはすべてお任せください」

璃璃のまぶたが完全に閉じたところで、翠璋は満足げにそう言った。

足音が遠ざかっていく。

「ニャアーン、ニャアーン」

意識を早く手放したいのに、コハクがご飯でも要求するような大声で鳴き、邪魔をしてくる。

「コハク、ごめんね、少しだけ……」

それでも無理やり耳に蓋《ふた》をした。徐々に身体があたたまり、半分夢の世界へ足を踏み込んだ。だがそこで、別の物音に起こされる。

廊下を渡ってくるけたたましい足音ののち、蒼仁の声が響いた。

「姫さま！　入ります」

いつも礼儀正しく返事を待ってから戸を開けるのに、珍しく勢いよく入室してきた。驚いた璃璃は跳び起きる。

彼は大股《また》で歩み寄ってきて、寝台の前で膝をついた。沈痛な目で見上げてくる。

「大丈夫ですか？」

とたん、璃璃の身体から糸の切れた操り人形のごとく力が抜けた。前のめりに倒れかかったところを、立ち上がった蒼仁の腕が支えてくれる。

「お気をたしかに」

堪えていたものがこみ上げる。目頭《めがしら》が熱くてたまらない。

「蒼仁……、お兄さま、が……」

「はい。たった今うかがいました。信じられませんが、すでに火葬の準備がはじめられたとか」

現実味がひしひしと迫る言葉に、涙があふれる。

「あのね……昨日、約束したばかりなの。お兄さまが王になって、わたしがそれを支えていくって。石榴国と和平を結んで、お姫さまをお妃に迎えたいって笑っていたのよ。あと、青金国は独立よ。蒼仁は王子として国へ帰って、わたしたちとずっと友好関係を築いていく……なんて素敵な未来だと思う？」

夢が素晴らしければ素晴らしいほど、打ち砕かれた現実がつらくて涙が止まらない。蒼仁は真摯《しんし》な瞳でひたと見つめ返してきた。

「それが殿下のお望みでしたか？　では、あなたが引き継ぐのです」

「わたしが？」

「そうです。陛下も殿下も亡くなられた今、王となるのはあなたしかいません」

「無理よ」

璃璃は両手でその身を抱きしめ、強く首を振る。

幼い頃から王太子として武術や帝王学をまんべんなく学ばされてきた兄と違って、璃璃は蝶《ちょう》よ花よと育てられた。五歳のときに母を亡くしてからは特に、宝物同然に扱われて外界と隔絶されてきた。

美しいものだけに囲まれて、あふれんばかりの愛情を受けて、ひとかけらの酸いにもふれず暮らしてきた箱入り娘だ。

甘ったれで泣き虫で、精神年齢は実年齢よりもずっと幼い。

その上もう一つ瑕疵《かし》が。

「無属性の落ちこぼれは金襴国王にはなれないわ」

せいぜい属性の力の強い男性と結婚して、その能力を引き継ぐ子供を産むくらいしか役に立たない。

だから翠璋と結婚するのだ。

「属性など気にする必要はありません。ほとんど相性占いと同じです」

「まさか」

「姫さまは身近に陛下や殿下といった力の強い方しかいなかったので知らないだけです。民間では『俺は水属性だから土属性の人が苦手だ』とか、そのくらいの認識ですよ。不思議な力などほとんど誰も持っていない」

「でも、わたしは王族よ。神王さまから引き継いだ金属性でなきゃ。お妃も金属性の人を迎える決まりがあるの。子供へ必ず属性を継がせるために」

すると、蒼仁は首を傾げる。

「王太子殿下は石榴国の姫を迎えようとしていたのでは？　その方は金属性なのですか？」

「え……」

　虚をつかれて固まる。

「石榴国は、石榴神将から火属性を授かった国ですよね？」

　創世神話では、神王の寿命が尽きるとき、二度と禍を寄せつけないようにと自らの金属性を民へ分け与えた。彼に従っていた四人の神将たちもそれに倣い、石榴神将は火属性の力を、青金神将は水属性を、琥珀神将は土属性を、緑柱神将は木属性をそれぞれが統治していた東西南北の国の民へ授けたとされている。

（青金国出身の蒼仁も水属性。石榴国のお姫さまは火属性なのかも……？）

　もしそうだとすれば、『火は金に勝つ』といわれる相剋の関係で金属性の兄とは相性が悪い。さらに、生まれてくる子供はほとんどの場合火属性となってしまう。

「つまり、殿下は属性など気にしておられなかったのでは？　陛下と違う新しい国を創《つく》ろうとおっしゃった方ですから」

「そう……かもしれない」

　目から鱗《うろこ》が落ちる気分だった。

「なにかというと姫さまは属性を気にされますが、それより俺は思うんです。あなたの髪は神王と同じ金色です。神の末裔《まつえい》だというなによりの証ではありませんか？」

「っ」

在りし日の父の優しいまなざしが思い出された。

『お前のこの髪は先祖返りだ。神王から授かった美しい金色、わたしの大好きな色』

（そうよ。わたしだって神の末裔。勇敢なお父さまの娘で、立派なお兄さまの妹なんだわ）

元気が湧いてくる。

気づかせてくれた蒼仁にも感謝の気持ちがこみ上げた。

「ありがとう。頑張れそうな気がしてきた」

「よかったです。あなたはご自分を卑下しがちで、いつも心配しておりました」

息をついて肩を下げた蒼仁は、ほっとした笑みを浮かべる。

「これからは意識して自信をつけるわ」

「それがいい」

「でも……もしまたしょんぼりしていたら、励ましてくれる？」

おずおずと上目づかいに頼むと、蒼仁は胸を叩く。

「かしこまりました。とはいえ、俺より翠璋殿のほうが適任かもしれませんね」

「えっ」

突然出された名前に、声が裏返ってしまう。それを照れだと勘違いされたのか、蒼仁はほほえましげに笑った。

「頼りになる婿殿でよろしかったですね」

（別によくなんて。今の今まで存在を忘れていたくらいなのに……）

だがあえて口に出すのも翠璋に対して悪いので、反論はのみ込んだ。

「翠璋殿は昨日から姫さまの代わりに忙しく立ち回っていらっしゃいます。ちゃんと休めているといいのですが」

城に勤める大方の者と同じく、蒼仁も翠璋に対する評価が高い。

彼に対してわだかまる想いを抱えているのは、婚約者の璃璃一人なのだった。

（なにが引っかかるんだろう）

彼は朝一で兄の件を知らせに飛んできてくれた。腕に抱いて慰《なぐさ》めてくれた。

（って、あれは本当に慰めだったのかしら？　全部忘れて寝ろって言われた気が）

動揺していて深く考えなかったが、臭いものには蓋をしてしまえと言わんばかりだ。遺《のこ》された王族として進むべき道を諭《さと》してくれた蒼仁とは違う。

全部自分に任せてよいというのは、頼りがいがあるようで突き放されているのと同じだ。

（端《はな》からあてにされていない感じ……）

歳が十近く違えば、子供扱いされるのは仕方がない。すでに政治の中枢《ちゅうすう》で活躍する彼からすれば、泣いてばかりの甘えん坊など寝ていてくれたほうが助かるのだろう。

(だとしても、蚊帳《かや》の外にしないでほしかった)

彼と同じ歳の兄は妹を対等に扱ってくれた。協力して国を盛り立てていこうと約束してくれた。

兄亡き今、璃璃は代わりに先頭へ立たなければならない。

(もう泣くのは終わり)

背筋を伸ばして、前を向かなければ。

「翠璋ときちんと話をしなくちゃ」

彼がよかれと思って璃璃を政治から遠ざけるのならば、誤解を解くべきだ。積極的に関わりたいと、学ばせてほしいと頼めばいい。

「では、執務室へ行ってみますか?」

「ええ。コハクは待っていてね」

「ンー」

姿勢を正して、廊下を進む。

父に会うときくらいしか足を踏み入れてこなかった外朝《がいちょう》の区画へ差し掛かると、多くの官吏《かんり》が右往左往していた。

昨日からの混乱にますます拍車がかかっている様がうかがえた。

「翠璋殿はどちらにおられる？」

執務室には姿が見えなかったため、蒼仁が通りがかりの官吏を呼び止めて訊《き》く。官吏は初めて璃璃の姿に気づいたようで、かしこまった。

「金の姫さま。このたびは……なんと申し上げたらよろしいか。本当に残念です。お加減はいかがですか」

「ありがとう、大丈夫よ。わたしがしっかりしなくちゃね」

「ご立派です」

「それで、翠璋は」

「あちこちへ指示を出すのに走り回っていらっしゃいます。もし捉《つか》まったら、金の姫さまがお呼びだったとお伝えいたします」

では、と頭を下げると彼はきびすを返して行ってしまう。

（忙しそう。呼び止めて悪かったわ）

ほかの官吏たちも多忙を極めている様子ながら、璃璃に気づくと足を止めて挨拶《あいさつ》をしてくれる。嬉《うれ》しいと同時、申し訳なさが募った。

「邪魔しているみたいでいたたまれないわ」

「翠璋殿が来るまで部屋で待ちましょうか？」

「そうする」

なにか自分にもできることがあればと思ったのに、これでは足手まといだ。

――結局、部屋へ戻った璃璃だったが、翠璋が姿を現したのは夜も更《ふ》けてからだった。

「申し訳ございません、すっかり遅くなってしまいました」

横に結んだ髪をほつれさせて、ずいぶんと疲れた表情をしている。

「お疲れさまでした。お茶でも淹《い》れるわ」

控えの女官に茶道具の用意を頼もうと思い、足もとで毛を逆立てているコハクをなだめて立ち上がりかける。だが、翠璋は軽く手を挙げてそれを止めた。

「いいえ、お気持ちだけで。まだやるべきことがたくさんありますので、すぐに失礼させていただきます」

時間を気にしてか窓の外へ視線を投げかける。璃璃は思い切って伝えた。

「お願いがあるの。わたしにもなにか手伝わせてくれない？」

しかし、翠璋は冗談と受け取ったのか穏やかな口調で突っぱねる。

「心配ご無用です。姫はどうか今しばらく心を休めてください」

「気づかいはありがたいけれど大丈夫よ。王になるのに、いつまでも悲しんでいたらいけないもの」

真面目に言ったのだが、翠璋は目を細めて笑みを深めた。まるで相手にされていないのがわかり、むっとする。

「本気で言っているのよ」

「ご成長が頼もしいですね」

「はぐらかさないで。手伝わせてくれるの？　くれないの？」

より具体的に迫ると、彼は軽くため息をついた。

「なかなかわかってもらえませんね、悲しいですよ」

「どういう意味？」

彼は近づき、手を伸ばしてくる。

「ヴー」

だが、金の髪に指先がふれる寸前、コハクが璃璃の膝上へ跳び乗ってきて威嚇《いかく》をした。

彼は残念そうに拳《こぶし》を握って引っ込める。

「わたしの願いは、あなたがいつまでも幸せな姫さまのままでいることです」

「え？」

「難しいことなどなにも考えなくてよろしい。綺麗《きれい》な服を着て、おいしいものを食べて、楽しいことを考えて、天真爛漫な笑顔を浮かべてはしゃいでいるお姿をわたしは永遠に眺めていたいのです。いけませんか？」

低く甘い声で耳に囁《ささや》いてくる。

聞きようによっては愛の言葉だ。

しかし、璃璃はぞっとする。

「わたしはお人形ではないわ」

「わかっておりますとも。あなたを大切に想うがゆえの言葉とご理解ください」

「そんなの理解できない」

「結構です。いずれわかってくださるときがくるでしょう」

早々に話を切り上げにかかっているとみた。

ここで引くわけにはいかない。璃璃はいっそう声を高くした。

「わたしにも役目をちょうだい！　なにもしないなんて嫌なの」

「では、婚礼に着る衣装をお決めください」

「は……？　婚礼？」

背後から殴られたような衝撃で、目が点になってしまう。

翠璋は食事の献立を決めるふうな口調で滔々と言う。

「正式なものは陛下と殿下の喪が明けてからがよいでしょうが、早急に仮初《かりそめ》の儀式だけは行いましょうね。我々が身を固めるのは、臣民の心の支えとなるでしょう。混迷を極めている城内も、一気に晴れやかな雰囲気になりますよ」

（待って）

思わず頭がくらっとして、椅子の背もたれに寄りかかった。膝のコハクが「大丈夫？」とばかり見上げてくる。

（すぐに結婚？　わたしと翠璋が？　ううん、婚約者なんだし、するのは決まっていたけれど……いざ具体化すると……）

しかし、対する翠璋はまったく璃璃の混乱ぶりを気にしていない。

「占術者に調べさせたところ、三日後の満月の夜がよいとのことでした。その日を逃すとしばらく後になるらしいです。そこに決めましょう」

それでいいと、素直にうなずくべきだ。

だが、どうしても首を縦に振れなかった。

「……」

しばしの沈黙が落ちる。やがて、翠璋はいっそう声を低くして蜜《みつ》のごとく囁いてきた。

「儀式はあくまで仮初のもの。まだ幼く、さらに傷心のあなたに夫婦の務めを無理強《じ》いしようというものではありません。どうぞご安心ください」

驚いた璃璃は、やっと背もたれから起き上がる。

「つまり白い結婚でいいってこと？」

「そうはっきり言われると困りますね。当面のあいだはそれで構いませんが、いずれは受け入れてくださると嬉しいですよ。わたしは姫を愛しておりますので」

「……っ」

恥ずかしげもなく告げられて、怯《ひる》んでしまった。

（愛している……？　本当に？）

部屋に控える女官が甘いため息をつく音が聞こえた。見れば、まるで自分が告白されたように頬を赤らめて下を向いている。

（わたしがおかしいの？　子供だから？）

ちっとも甘い気分になれないどころか、胸の内は冷めていく。

無言でいるのをよしと受け取ったのか、翠璋が再び一歩近づいてくる。

「それでは、進めさせていただきますね」

彼は手を伸ばしてきた。今度はなにごとかと目で訴えかければ、ひんやりとした指先が璃璃の右手の人差し指のつけ根にふれる。

そこには、病床の父から形見にしなさいと授かった金の指輪をはめていた。もともと父の印章だったものを二分割して兄と璃璃用の指輪に作り直したもので、肌身離さずつけているようにと言われている。

「こちらをお貸しください」

「なぜ?」

「婚姻の儀式に必要となります。抜いてもよろしいですか?」

指を摑まれた感触が嫌で、慌てて手を引っ込める。彼にされるくらいならと、自分で乱暴に引き抜いて渡した。

「どうぞ」

「たしかにお預かりしました。では、そろそろお暇《いとま》します」

さっき愛していると言った口は、あっさりと辞去を告げてきた。目的は達したとばかりの変わり身の早さで、こちらは目が回りそうだ。

軽い挨拶を残して去っていく背を見送ってから、璃璃はコハクを抱いて立ち上がった。

「ねえ、どう思った? 翠璋が言ったこと」

控えの女官に意見を求めてみる。すると、彼女は目じりを下げて再びため息をついた。

「おめでとうございます。陛下も殿下も亡くされた悲しみの中ではございますが、翠璋さまがいらして本当によかったですわ」

(やっぱり、それが正しい反応なのよね?)

たしかに翠璋は見目麗《うるわ》しく、頭脳明晰で将来有望な若者だ。かといって才を鼻にかけず、物腰はたおやかで、十近くも年下の璃璃に対してへりくだった態度を取る。内心は子供扱いしているとしても、声に出したり態度に表したりもしない。

「……翠璋って、城内の女の子には人気があるの?」

なにげなく尋ねると、女官はやや言いにくそうに告げてくる。

「それは……まあ……あのように素敵なお方ですので、もちろん皆憧れております」

「なるほどね」

すると、女官ははっとして、慌てたふうに両手をばたつかせる。失言だと思ったらしい。

「ですが、翠璋さまは昔から姫さま一筋ですわ! 浮いた噂《うわさ》一つございませんもの」

(そうなの? でも、言われてみれば……)

彼が特定の女性と連れ立って楽しそうにしている姿など一度も見たことがない。

あれだけ見目もよく物腰も柔らかで人気のある男性ならば、たとえ姫の婚約者であったとしても果敢に誘惑を試みる女子の一人や二人はいたはずだ。

それなのに、彼には過去の恋愛遍歴が一切なく、女性の影がちらりとも見えない。

（そんなはずある？）

璃璃が妙齢な女性であればまた違ってくるが、二人が婚約したときは幼児であり、おまごと同然だった。

若く血気盛んな年頃の翠璋が当初から一途《いちず》に璃璃だけを愛し続けるなどありえない。むしろおかしい。

だが周囲はそれを美しい恋物語として片づけたいらしい。

「本当にお羨《うらや》ましい限りですわ。理想のご夫婦となるでしょう」

夢見心地に締めくくられてしまえば、こちらも愛想笑いを浮かべるしかない。

（……贅沢《ぜいたく》な悩みなのかな）

そんなことでうじうじ考えに沈むのは、璃璃が恋を知らない子供だからなのかもしれない。

（とにかく、三日後……か）

もう後戻りはできないのだった。

その夜、璃璃は夢を見た。

薄暗い執務室で、兄が卓子《たくし》に向かってなにか書き物をしている。

（お兄さま……！）

駆け寄って手を握りたい衝動に駆られる。だが同時に、これは夢だとわかっている自分もいた。兄は今朝亡くなって、早々に荼毘《だび》にふされてしまったはずだ。

背後から新たな人物がやってくる。

振り向くと翠璋だった。

彼は漆塗《うるし》りの盆を携《たずさ》え、卓子の前へやってくる。なにか声をかけてから、兄へ蓋つきの茶杯を差し出した。兄は笑顔を向けると蓋を取る。とたん、華やかな茶の香りが璃璃の鼻腔《びこう》をくすぐった。

（なんの香り？　茉莉花《まつりか》でもない、桂花《けいか》でもない）

夢なのにこれほど具体的な香りを感じるとは、なにやら不思議だ。

兄はしなやかな手を伸ばし、茶杯に口づける。一口目をすすって喉仏《のどぼとけ》が大きく上下した――と思ったら、手から茶杯が滑り落ちた。

（え……!?）

両手で喉を押さえた兄は、肩を大きく上下させて口から吐しゃ物をこぼす。

続いて翠璋が卓子越しに右手を差し出した。主君を助けるためかと思えば、彼は兄の前髪を摑んだ。

顔を上向きにされた兄はとっさに片手を上げる。金色の光がこぼれ、翠璋は顔を背けて右手でかばった。だがすぐにまた身を乗り出し、今度は左手で兄の首をきつく押さえつける。

(やめて!!)

抵抗する兄の身体が二度、三度、大きくはねた。そして——背もたれにぐったりと沈み込んだ。その目は血走って見開いている。

(嘘、なにこれ……)

夢だとわかっていても、とんでもない。

こんな夢を見てしまう自分はおかしいのではないか。

続いて兄を放した翠璋は、汚いものをさわったとばかり両手を叩いて払った。人差し指を兄へ向けたかと思えば、薄緑色の光があふれる。

(痛い！)

とたん、なぜか璃璃まで胸もとを針でつつかれるような痛みが走った。

そのあいだにも緑の光は兄を包み、じわじわとその皮膚《ひふ》へ染み込んでいく。

驚くべきことに害されてゆがんだ形相は薄れ、徐々に元通りの穏やかな顔へ変化していった。光が消えた頃には、ただ普通に眠っているような姿となる。

(これはいったい……なんの夢なの?)

とにかく早く覚めなくては。

さっきから胸もとの痛みも止まらない。璃璃は服を握りしめながらうずくまった。やがて視界が白けていき——目が覚める。

「はあ、はあ……っ」

がばりと身を起こすと、そこは自分の部屋だった。枕もとで一緒に寝ていたコハクが大きく伸びをする。

「夢、今のは夢だわ。嫌な夢……」

まだ胸もとがずきずきする。怪我でもしたのかと寝衣の前合わせを開いて確かめてみるが、特に変化はない。

「ムー」

コハクが鼻先をすり寄せてくる。まだ夜だ、寝ようと言うのだろう。

「よしよし」

袖の下へ抱き寄せて、もう一度横になる。あたたかなぬくもりとゴロゴロという甘え声が伝わってきた。いつもならば癒されるのだが……、動悸《どうき》はなかなか収まらない。

（どうしてあんな夢を見ちゃったの？）

いくら立て続けに父と兄を失ったからといって、想像の範疇《はんちゅう》を超えている。

あまりの衝撃で、空が白みはじめても寝つけなかった。やがて諦《あきら》めて起き上がり、一人で朝の支度をはじめる。

「まあ姫さま、ずいぶんとお早いですね」

物音に気づいた女官がやってきて、髪を結う手伝いをしてくれた。璃璃は変な夢を見てしまった罪悪感で、落ち着きなく視線をさまよわせながら答える。

「いろいろ覚えることがたくさんあるから……、わたし、王になるんだし」

「そうでございましたか。台盤処《だいばんどころ》を起こして朝餉《あさげ》の準備をさせましょうね」

「ううん、それは時間通りでいいわ。翠璋より先に執務室へ行きたいの。蒼仁を呼んできてくれない？」

「かしこまりました」

ややあって、蒼仁がやってくる。

「おはようございます。ずいぶんとやる気に満ちていますね。感心いたします」

いつもよりかなり早く起こされたというのに、不満一つ漏らさず初夏の風のごとき爽《さわ》やかな笑顔を見せてくれる。

目が覚めてからずっと尖《とが》っていた神経に、柔らかな毛布をかけてもらったような心地がした。起きて初めてきちんと息が吸えた気がする。

「おはよう、蒼仁。ごめんね、あなたまで起こしてしまって」

「構いません。一緒に頑張りましょう」

「蒼仁がいてくれて本当によかったわ」

まだ夜が明けきらない空のもと、ひんやりとした空気の漂う廊下を歩きながらしみじみと言う。

「なにをおっしゃるやら。そこは翠璋殿でしょう」

「違うの。翠璋はだめ。わたしになにもするなって言うんだから」

「翠璋殿のお気持ちもわかりますけどね」

目上の者をかばうつもりなのか、蒼仁までそんなふうに言う。

(わたしには全然わからないわ……)

心の中でぶつくさと文句を言いながら執務室の戸を開けた。

明かり取りの窓からささやかに差し込む白い朝日に照らされた部屋に、ふと今朝見たばかりの夢の光景が重なる。

とたん、また胸もとがキンと痛んだ。

「……っ」

「どうしましたか」

すぐさま蒼仁が異変に気づいて顔を覗き込んでくる。

「な、なんでもないわ」

「隠さないでください。どこか具合が悪いのでは？」

幼い頃からずっと一緒の彼をはぐらかすのは難しそうだった。

下手な言い訳をするより、白状してしまったほうがいいとみて、璃璃は口を割る。

「たいしたことじゃないのよ。笑わないで聞いてくれる？」

「もちろんです」

「夢を見たの。ここでお兄さまが亡くなる夢を」

「……」

蒼仁は笑うどころか眉根をぎゅっと寄せた。その瞳に憐憫《れんびん》の情が浮かぶのを見て、璃璃は慌てて両手を振る。

「夢よ！　大丈夫、本当に。わかっているから」

「目覚めが早かったのはそのせいですか？」

「うん、そう……。ずいぶん具体的な夢だったから、ね」

さすがに翠璋が兄を害したとは言えず、語尾を濁《にご》す。

だが、なんとなく気になって、夢の中で兄が座っていた辺りへ視線を巡らせた。争った形跡がないかどうか――。

「お二人とも、ずいぶんお早いですね」

「きゃあっ」

背後から聞こえてきた声に、思わず叫んで文字通り跳び上がった。反動で卓子に積んであった書類をばさばさと落としてしまう。

「あっ、ごめんなさい！」

「そのままで結構ですよ、姫」

たおやかな笑みを浮かべて入室してきたのは、翠璋だった。

罪悪感から、なんとなく目が合わせられない。

「お怪我はありませんでしたか？」

「大丈夫よ……」

彼は書類を拾おうと璃璃の足もとへ右手を伸ばしてくる。その手の甲には赤い筋が幾本かできていた。

「っ」

猫に引っかかれた痕《あと》と似ているが、もう少し大きく、深そうな治りかけの傷跡……。

夢の中で翠璋は兄の発した金の光を右手でかばっていた。あれは金属性の力だ。金属の刃物で相手を傷つける攻撃をしたように見えた。

「翠璋、手……どうしたの？」

「手？　ああ、どこかで引っ掛けたのでしょう」

戦々恐々として尋ねるが、彼は怪我に今気づいたとばかりの態度でけろりと答えた。

（そうよね、きっと偶然よ。あれは夢だもの）

だが、胸の動悸は収まるどころかますます高まり、徐々に息まで苦しくなってきた。その上、また胸もとがしくしくと痛みだす。

（金の光が金属性の力なら、夢で翠璋が放った緑色の光はなにかしら？）

双属性の彼の印は、不思議な色をしていた。金と青が混じった色だからかと思っていたが、改めて考えると彼が放った緑色の光とよく似ている気がする。

（緑は木属性の色なのに？　そういえば、木属性の力は植物由来のもので薬とかにも詳しいはずよ。夢でお兄さまは、知らない匂いがするお茶を飲まされていた……）

考えないようにしようと思っても、次から次へと思考があふれて沼にはまっていく。深みで溺《おぼ》れているうち、眩暈《めまい》までしてきた。

見かねた蒼仁が、珍しく口調を強くして意見してくる。

「やはり顔色がすぐれません。一度部屋へ戻りましょう」

「そう、ね……」

まともに翠璋と顔を合わせられない以上、退散するのがよさそうだった。


璃璃は遅れて朝餉をいただき、そのあと再び床につく。

コハクが一緒に寝てくれたので、共に目を閉じているうちようやくまどろんできた。

だが――またしても、同じ夢を見てしまう。

寝起きに胸もとが痛むところまで一緒で、とても正気ではいられなかった。

「蒼仁！」

一人で抱えきれず、頼りになる従者を呼ぶ。

彼は璃璃を心配して部屋の外に控えていてくれたのか、すぐに飛び込んできた。

「どうしました？」

「また夢を見たの」

「殿下が亡くなる……？」

「ううん、それだけじゃなくて――」

必死になって夢の中で起きた一部始終を語る。

黙って最後まで話を聞いた蒼仁は、小さく息をつくと神妙な顔つきで問いかけてくる。

「もしや姫さまは、翠璋殿と結婚するのがお嫌なのですか？」

「えっ⁉」

思いもよらぬ質問をされて、がんと衝撃を受ける。

（そういう次元のものなの？）

深層心理で翠璋が嫌いだから、彼がひどいことをする夢を見てしまうのだろうか。

蒼仁は背筋を伸ばし、真面目に言いつのる。

「婚礼はあさってだそうですね。さすがに早すぎるのではないかと俺も思います。一度落ち着ける時間をとったほうがよいのではないでしょうか」

「……ええ、そう、ね」

「日取りの再考をお願いしてみませんか？　政局の安定も大事ですが、一番大切なのは姫さまのお心です。今は無理をなさる時期ではない。少しでも心を休めるべきです」

忠義に満ちた様子で言い切られてしまうと、それ以上口を挟めなくなった。

（やっぱり、翠璋がお兄さまを殺したなんて現実的じゃないわよね……）

信じてくれというほうが、どうかしている。

胸の内はくすぶって仕方がないが、無理やりのみ込んでうなずいた。

「そうね。このまま今日は静かにしているわ」

「それがいい。眠れなくてつらいかもしれませんが、横になって目を閉じるだけでも身体は休まるといいますから」

蒼仁が出ていってから、彼と約束したとおり寝台に横たわり布団をかぶって過ごした。

しかし、やはり一睡もできなかった。

人々が寝静まった夜半になって、むくりと起き上がる。

「ンン？」

一緒に起きようとするコハクを撫でてなだめ、璃璃は靴を履く。

（やっぱり気になる）

もう一度だけ、執務室を見てこよう。

夢の中で兄は茶をこぼし、嘔吐《おうと》した。そして金属性の攻撃を放った。もしも現実ならば、なにかしらの痕跡が残っているはずだ。

（見つからなければ今度こそ夢だったって納得しよう）

隣室に控えている世話役の女官が目覚めないよう、気配を殺して部屋を出る。

普段ならばところどころに見張りの武官が立っているのだが、連日の非常事態で日中は大混乱しているせいか、夜は一転して廊下に人気《ひとけ》がなかった。辺りは気味が悪いほど静まり返っている。

音を立てず慎重に執務室の戸を開き、身体を滑り込ませた。

闇《やみ》に沈んだ部屋の中、高まる動悸に息を浅くしながら卓子へ近づく。灯《あか》りはなく、窓から差し込む銀色の月光だけが頼りだったが、幸い満月に近くて視界がきいた。

まずは卓子の上を両手でさわってたしかめる。縁に龍の浮き彫りが施《ほどこ》された黒檀のそれは、表面がつるつるしている。

（もし刃物で傷つけられたような痕があれば……）

兄がとっさに放った攻撃で表面が抉《えぐ》れていたりしないか。丁寧にふれてみるが、それと思《おぼ》しきものは見つからない。

次に、床へ屈みこんだ。

卓子の下には丸い毛長絨毯《じゅうたん》が敷いてある。もし茶がこぼれたのなら、ふき取ったとしても多少変色している箇所があるはずだった。

猫の毛並みより少し硬い表面を、指でもみほぐしながら丹念に証拠を探っていく。しかし、やはり決定的なものはない。

(灯りがあればもう少し探しやすかったのに)

ため息をつきながら椅子に手をかける。ふと、座面に敷かれたイグサを編んだ円座に指先がふれた。

(……っ)

心臓がどきりと大きくはねる。

身体中の血液が音を立てて頭に上るような心地がした。

(まさか、まさか……)

ふるえる指先で円座をめくる。

そこには、裏側を拭き忘れたために格子《こうし》状に固まった水分の痕がくっきりと残っていた。

「――!」

「なにをしている!!」

突如《とつじょ》、部屋に光があふれた。

まぶしさと驚きのあまり、璃璃は立ち上がろうとして卓子に頭をぶつけてしまう。

痛みで生理的な涙がにじんだ。そのゆがんだ視界の向こうには、両脇に武官を従えた翠璋が立っていた。

「姫、まさかあなたが犯人だったとは」

今まで聞いたことがないような冷ややかな声が璃璃を貫く。

「え……？」

ふらふらと立ち上がる。灯りを掲げているのは右側の武官で、黄色く照らされる翠璋はきつくまなじりを吊り上げ、切れ長の瞳をぎらつかせていた。

その形相は……夢の中の兄を害した彼と重なる。

恐怖のあまり喉が干上がりそうになった。

「捕らえなさい」

翠璋は平坦に命じる。だが、控えの武官は動揺を示した。

「き、金の姫さまをですか？」

「当たり前でしょう。殿下を毒殺したのは彼女です」

「なにを言っているの!?」

思わず声を荒らげる。しかし正面の翠璋はまったく動じない。

「犯人をあぶりだすため、殿下がここで何者かに弑《しい》されたことはかん口令を敷いていました。だが、あなたは証拠を隠滅するために現れた。犯人は現場へ戻るとはよく言ったものです」

「そんな馬鹿《ばか》な！　わたしじゃないわっ」

「わたしじゃない？　その言い方はおかしいですね。殿下が殺されたと知らなければとっさに出てこないはずです」

滔々とした口調に乗せられたのか、左右の武官たちは翠璋を挟んで顔を見合わせる。戸惑っている様子だ。それでも、なかなか動かない。

痺《しび》れを切らした翠璋は、自ら進み出た。

一歩一歩、ゆっくりと璃璃との距離を詰めてくる。

「とても残念です。あなたと手を取り合って、この国を盛り立てていこうと思っていたのに」

「やめて……来ないで……」

同じ分だけ、璃璃はじりじりと背後へ下がった。

「兄君を殺してまで王になりたかったのですか？　幼くかわいらしい姫だとばかり思っていましたが、想定外でしたね」

（想定外……）

背筋がざわっと粟《あわ》立った。

（幼いとかかわいいとか、この人は、最初からわたしを馬鹿にしていたのね）

やはり愛してなんかいなかった。

ずっと違和感を抱いてきた正体が、今はっきりとする。

父の死の混乱に乗じて兄を殺し、璃璃を傀儡《くぐつ》にして自分が権力を握るつもりだったのに違いない。

（ああ、どうしよう、怖いのに……許せなくて——！）

滾《たぎ》るほどの怒りが身体の奥から湧き上がり、目の前が真っ赤になる。

「おとなしく捕縛されなさい。すべて素直に白状するのならば、命だけは助けてあげますよ」

悪魔のごとき囁きに、吐き気がこみ上げた。

（言いなりになれと？　そんなの、絶対に嫌）

背中が窓に当たる。

もうこれ以上は逃げられない。

翠璋は口角を吊り上げた。月明かりが凄絶《せいぜつ》で残酷な美貌《びぼう》を白く照らす。

「さあ、姫……」

「嫌ぁっ！」

そのときだった。

胸の内でなにかがぱちんと弾けた感触がして、身体から金色の光があふれだした。

(熱い!!)

「ぐあぁっ!」

野太い叫びが響く。同時、血しぶきが飛んだ。

「え!?」

璃璃の目の前では、両腕で顔を覆った翠璋が、衣服をぼろぼろにして血を流している。

「ぐ……、捕らえなさい! 姫が……とうとう本性を見せたのです!」

(わたし? わたしがやったの?)

思わず指を広げて目の前にかざす。だが、その隙間《すきま》から武官たちが手を伸ばして迫ってくる姿が見えた。

反射的に身構えた自分の指先がまた金色に光る。

「やめて!」

彼らは傷つけたくない。

強く願うと、今度は両手が閃光《せんこう》のごとく幾度もまたたいた。

まぶしさのあまり、武官たちは目をかばう。その隙をついて、璃璃は彼らの横をすり抜けた。

（逃げなきゃ）

ただの目くらましだ、すぐに追ってくる。もし囚《とら》われれば、翠璋の思うとおりにされてしまう。

「姫さま！」

と、廊下の向こうから蒼仁が走ってきた。

「どうされました!?」

「捕まえろ！」

だが、説明している暇はない。

「逃げてっ」

混乱のあまり叫ぶと、蒼仁は璃璃の腰をさらって肩へ担ぎ上げた。視界が反転して床が近くなる。

「え？」

「舌を噛《か》みます、じっとしていてください！」

彼に逃げるよう言ったつもりだったが、璃璃を連れて逃げてほしいと受け取られたらしい。

「そいつも共犯だ、追え！」

翠璋の怒号に、武官たちが奮い立つ。蒼仁は璃璃を抱く腕に力をこめ、駆けだした。

ついさっきまで寝静まっていた城のあちこちで、明かりが灯りはじめる。

蒼仁は渡り廊下から庭へ飛び降り、幼い頃よく一緒に遊んだ隔離の宮方面へ走っていく。

そこには二人しか知らない秘密の抜け穴があり、王城の外へ出られるのだった。

(ごめんなさい、蒼仁、巻き込んで……)

——追っ手を撒《ま》いて、小さな穴を無理やり抜け出た頃には、陰りかけた月が西の空へ落ちようとしていた。

❖第二章　金の覚醒　水の加護

翌朝、町に激震が走る。

「聞いたかい？　王太子殿下に続いて、金の姫さままでお亡くなりになったとか」

路地裏の物陰《かげ》でこっそりと夜を明かした璃璃《りり》と蒼仁《そうじん》は、その噂《うわさ》に凍りつく。

「少し話を聞いてきます。姫さまは髪を隠して、ここにいてください」

うなずいて上着を引きかぶる。胸もとに押し込めて抱いていたコハクが、引っ張られてくぐもった声を出した。

コハクは璃璃が部屋を抜け出したあと、心配したのか蒼仁を呼びに行ってくれたそうで、脱出する際も共についてきた。

この子のおかげで璃璃は翠璋《すいしょう》の魔の手から逃れられたのだ。感謝してもしきれない。

——しばらくして帰ってきた蒼仁は、どこか疲れた顔をしていた。

「まずはこちらをどうぞ。こんなもので申し訳ありませんが……」

差し出されたのは饅頭《まんとう》だった。

そういえば昨夜からなにも食べていない。緊張と興奮で空腹は少しも感じなかったのだが、気持ちをありがたく受け取る。饅頭はすっかり冷めて固くなっていた。

「ありがとう。ずいぶん遠くまで買いに行ってくれたのね？」

「いいえ、怪しい者を撒《ま》いてきたので遅くなってしまっただけです。すみません」

「謝らないで。それより、怪しい者というのは翠璋の追っ手かなにか？」

「おそらく。金の髪がどうとか囁《ささや》いているのを耳にしましたから」

髪色を目印にしているということは、璃璃の外見を知らない者だ。

「武官じゃないの？　そもそもわたしを探すのならば、町を封鎖して大々的に兵を派遣すれば済むのに、違うのかしら」

すると、蒼仁ははっとして肩をはねあげる。

「もしや暗殺者……？　彼らは明らかに荒《すさ》んだ雰囲気をまとっていました。姫さまを亡き者にしようとしているのでは」

死んだという噂に加えて、暗殺者という不穏な言葉。いっそう食欲など遠ざかった。蒼仁は周囲を見渡してから、声をひそめて告げてくる。

「そういえば例の噂もあちこちから聞こえてきました。故意に広められているのでしょう」

「つまり、わたしが死んだことにして翠璋が王になるつもりなのね？」

彼は璃璃を傀儡《くぐつ》にして権力をほしいままにしようとしていた。言いなりにならないのならば消してしまおうという考えなのだ。

しかし、蒼仁は眉根をぎゅっと寄せる。

「それが彼の最終的な野望かもしれませんが、まだ姫さまと正式に結婚する前です。いくらなんでも一足飛びに王にはなれません」

「そうか、そうよね」

「第一、伝国《でんこく》の玉璽《ぎょくじ》もありませんしね」

「伝国の玉璽？」

初めて聞く言葉に首を傾《かし》げると、蒼仁は嚙《か》み砕いて説明してくれる。

「王が代替わりした際に次の王へ引き継がれる印章のことです。それを持つ者が正式な王であるという証《あかし》です。病床の陛下はそれを二分割し、兄殿下と姫さまへ託されたはず」

「えっ!?」

とっさに右手の人差し指にふれる。そこにあったはずの金の指輪は、翠璋に請われて差し出していた。

（だって、知らなかった）

父からも兄からも形見分けだとしか聞いていない。もしかしたら、真実を告げれば璃璃が責任感に押しつぶされるだろうと気づかってくれたのかもしれないが……、知らせておいてほしかった。

「どうしよう。それ、翠璋に渡してしまったわ」

「本当ですか⁉」

すべてが彼の手のひらの上で踊らされていたのだと知って愕然《がくぜん》とする。

最初から、なにも知らない幼く愚《おろ》かな璃璃を丸め込み、玉璽を手に入れて王位を簒奪《さんだつ》しようと計画していたのだ。

「ごめんなさい！　取り返しがつかないことを――」

取り乱して大きな声を出しかけると、蒼仁が慌《あわ》てて口を塞いでくる。

「どうかお静かに。こうなっては仕方がありません、いったん町を離れましょう。外の世界をほとんど知らない我々が追っ手を撒くには、なるべく遠くへ逃げたほうがいい」

身をひそめる場所も知らず、匿《かくま》ってくれる知人もいない。蒼仁の言うとおりにするのがよさそうだった。

とはいえ、二人きりで町の城門を出てあてもなく旅をするわけにはいかない。

ひとまず貿易の隊商が集まる広場へ行ってみることにした。

真四角の敷地の中は、象棋《しょうぎ》の盤のように整然と露店が並んでいた。そのすべてに馬や駱《らく》駝《だ》を連れた商人たちが群がり、狭い道はほとんど身動きがとれないほど混み合っていた。ある者は東で仕入れた香辛料を銀貨に替え、ある者は西からもたらされた艶《つや》やかな玉を巡って激しい値切り交渉を繰り広げている。

その中で、ひときわ甲高《かんだか》い女性の声が響き渡った。

「ちくしょう！　あいつら馬ごと品物を盗んでいきやがった」

見れば、よく日に焼けた頰《ほお》をした中年女性が拳《こぶし》を天に突き上げていた。隣には同い年くらいの男性が立っており、こちらも腕を組んで顔を赤らめている。

「ならず者なんかに用心棒を頼むんじゃなかった！」

どうやら仲間に商品を持ち逃げされた様子だ。

「話を聞いてみましょう。姫さまはお待ちください」

木を隠すなら森の中とばかり、蒼仁は璃璃を雑踏の中へ押し込めて男女のもとへ向かう。押し合いへし合いされながらその場を動かないよう頑張って待っていれば、やがて戻ってきた彼は驚くべき進展を告げてくる。

「彼らに用心棒として雇ってもらえることになりました」

「ええっ」

「二人は夫婦だけで青金《せいきん》地区と王都を往復している商人だそうです。雇いの用心棒に逃げられたというので、後釜《あとがま》に据《す》えてもらえるよう頼みました。姫さまは俺の妹で、二人で故郷へ里帰りするという設定になっています」

「妹……」

つぶやくと、蒼仁は瞳を見開き両手をぶんぶんと振る。

「申し訳ありませんっ、出すぎた真似を！」

「ううん、責めているわけじゃないの。妹……ふふ、いいわね」

(小さい頃から遊び相手としてずっと傍《そば》にいてくれた。本当に、もう一人のお兄さまみたいな存在だわ)

父も兄も失い城も追われて張りつめていた心が、彼のおかげで少し和《やわ》らいだ。

旅支度は身に着けていた服や装飾品を売り払って調え、髪は少し短くし墨で黒く染めてから商人夫婦に合流する。

彼らは五頭の駱駝に麻袋を積んで待っていた。

開口一番、妻のほうがずばりと核心をついてくる。

「妹？　似てないじゃないか。違うんだろ」

嘘《うそ》をつきなれていない璃璃は、とっさに頬をこわばらせてしまった。今度は夫のほうがまじまじと璃璃を眺めながら言う。

「しかも飼い猫付きかい。いいところのお嬢さんといった感じだな。まさか駆け落ちか？」

「かけ……おち」

ぽかんとして思わず繰り返してしまう。

物語の中でそんな言葉を読んだことがある。たしか許されない恋をした男女が手を取り合ってどこかへ逃げていくという話だ。

「ちっ違います！　俺たちは……っ」

焦った蒼仁が食ってかかると、妻が天を向いておおらかに笑い出す。

「あっはっは、馬鹿《ばか》言うんじゃないよ、まだ子供じゃないか。金持ちお嬢の家出かなにかじゃないのかい？」

見た目が幼いのが功を奏したとでもいうべきか。

兄妹《きょうだい》に見えないどころか、恋人にも見えないと言われてしまった。

なかなか複雑ながら、ここは話に乗ったほうがよさそうだった。

「実はそうなんです。嫌な男性と結婚させられそうで。彼に頼んで家を出てきたところなんです」

真実を織り交ぜたせいか、表情にも自然と説得力がこもる。夫婦は顔を見合わせ、また盛大に噴き出した。

「いいじゃないか、連れていってやろう」

「実はな、俺たちもわけあり——もともと駆け落ちだったんだ」

こうして、璃璃と蒼仁はたまたま巡り会った気のいい商人夫婦と旅に出たのだった。


いくつかの小さな町を過ぎ、強い風が吹き抜ける切りたった崖の合間を通り、乾いた黄色い荒野を渡って二十日ばかりが経《た》った。

蒼仁の腕の中、駱駝に揺られてうつらうつらしていた璃璃は、野太い商人の声で目を覚ました。

「まもなく青金地区だ」

目深《まぶか》にかぶっていた風よけの帽子を後ろへ外すと、目の前には険しい下り坂があり、深い谷が取り巻く町が見えた。谷底には薄橙《うすだいだい》色の朝日を映した淡い桃色の朝靄《もや》が立ち込めて、さながら仙界の湖上都市のようだ。

思わず「わあ」と歓声を上げれば、外套《がいとう》の胸もとを割ってコハクも顔を出す。すんすんと鼻をひくつかせてから、細かい砂塵《さじん》に目を細めた。

背後から璃璃を抱く蒼仁の腕にもほんの少し力がこもる。

「青金地区……」

「懐かしい？」

「いいえ、ほとんど覚えていません。国を離れたのは四歳のときなので」

彼は王妃であった母親と共に人質となり金襴国《きんらんこく》へ連れてこられて以来、王城の北の日当たりが悪い隔離の宮へ押し込められていた。

心労に加え環境の悪さが祟《たた》って数年後に王妃が亡くなると、その後は独りぼっちにされて寂しい少年時代を送っていた。

ある日、璃璃はなくした遊具を探して北の庭へ迷い込み、彼と出会った。

ちょうど勉学に忙しくて遊べなくなった兄の代わりに遊び相手がほしくて彼を求めると、娘に甘い父はそれを許した。それから十年以上、彼は璃璃の従者となって陰に日向《ひなた》に付き従ってくれている。

「ごめんね、こんな形の里帰りになってしまって。本当なら王子として胸を張って帰ってこられるはずだったのに」

兄はこの地の独立を認め、二カ国の友好の証に蒼仁を王子へ戻すと言っていた。それなのに実際は、やむを得ない逃亡劇に巻き込まれての帰国となってしまった。

「今さら王子という柄でもありません。俺はずっとあなたの従者でいいのです」

良家の令嬢とその従者という設定はこの旅のあいだもずっと生きていた。兄妹を装うより自然に振る舞えたため、夫婦からは一度も疑われずに済んだ。

「でも、もうわたしは城を追われた身よ。いつまでもつき合ってもらうわけにはいかないわ」

「なにを言うのですか。俺は離れませんよ。隔離の宮で母の死に打ちひしがれていた俺を、あなたは救ってくださった。そのとき決めたのです、一生あなたについていこうと」

「大げさだわ。ただ遊び相手がほしかっただけなのに」

「それでも俺が救われたのは事実です。だから、今後もどうぞ引け目に思わないでください」

「……ありがとう」

「ンニャア」

しんみりとしたところを、邪魔するようにコハクが大きく鳴いた。二十日間の旅路でたいしておいしいものは食べられなかったにもかかわらず、逃げもせずおとなしく璃璃に抱かれるお利口さんでいてくれた。

「よしよし、町に着いたらゆっくり休もうね」

頭を撫《な》でると、蒼仁もまた黒くなった璃璃の髪をそっと撫でてくれる。

「お疲れなのはあなたもでしょう」

「ううん、元気よ。不思議なくらい」

翠璋に追い詰められた際、璃璃は金《きん》属性の力に目覚めた。

そのとき胸には親指の爪《つめ》くらいの大きさをした猪《い》の目《め》型の印が現れた。そこから、常に力があふれだしてくる。

二十日間にも及ぶ初めての旅を容易に乗り越えられたのは、そのおかげだ。

(もしかしたら、お父さまとお兄さまが助けてくれたのかもしれない)

彼らを同時に失った痛みを癒《いや》すかのように、新しい力は涸《か》れることを知らず滾々《こんこん》と湧き続けて璃璃を励ましてくれた。

「着いたよ！」

商人の妻が威勢よく言って駱駝から飛び降りる。

そこは雑草一本生えていない広場だった。西から東から旅してくる隊商が馬や駱駝を休ませつつ、運んできた商品を広げる景気のいい場所のはずだったが……、王都の賑《にぎ》やかな市場とはまるで違う。圧倒的に人気《ひとけ》が少なく、さびれている。

(これはいったい……)

辺境の地はこういうものなのだろうか。璃璃は戸惑いながら周囲を見回した。

「少ないがこれを持っていけ」

その後ろで商人が蒼仁へ小さな包みを差し出す。蒼仁は丁寧にそれを遠慮した。

「結構です。もともと金品はもらわないという約束で仲間にしてもらったので」

蒼仁は彼らに同行を願い出た際、道中の宿や食事は世話になる代わり、そのほかの礼はいらないという条件で交渉したのだった。そのためあっさり受け入れてもらえたという経緯があった。

「そうだが、だいぶ助かったからなあ。砂漠の盗賊《とうぞく》団をあっという間に返り討ちにしてくれてさ。帰りも護衛を頼みたいくらいだよ」

「また機会があれば是非《ぜひ》」

「じゃあせめて数日分の豆でも持っていきな。ここじゃ食料を手に入れるのは骨が折れるよ」

言って、商品の大袋の中から小分けにした麻袋を手渡してくれる。こちらはありがたく受け取り、気のいい夫婦とはここで別れた。

互いの姿が見えなくなってから、蒼仁は空を仰ぎ見た。

「ずいぶんと陽射《ひざ》しが強い。王都とはかなり気候が違いますね」

早朝には優しかった初夏の日光は、白銀の刃のごとく鋭く肌を刺してきた。

「暑くなりそう」

「早めに動きましょう。父を探してみるので構いませんか？」

「もちろんよ。どこにいらっしゃるかわかる？」

「いいえ。中央にある一番立派な建物を訪ねてみましょう」

先代王は王位を奪われたものの、族長として民をまとめているはずだった。

二人と一匹は歩きはじめる。

広々とした道は閑散《かんさん》としていた。遠くから眺めた青金地区は大きく美しい城下町に見えたものだが、近づいてみれば建物は古びて土をかぶり、壁はひび割れ、補修がされないまま遺跡のごとくたたずんでいる。大地は干からびて塵《ちり》まみれで、鳶《とんび》の鳴き声と似た風音が大きく吹き抜ける寂しい有様だった。道行く人はまばらで、どこか生気がなく、背を丸めて早足でどこかへ行ってしまう。

「暮らしぶりが悪そうですね」

「飢饉《ききん》を救うためにお父さまはこの地を支配したと聞いていたけれど、うまくいっていないみたいね」

金襴国の統治下へおくことで、官吏《かんり》や技術者を派遣して豊かな土地づくりを目指していくのが理想だったはずだ。しかし、見たところ効果はまったくないようだ。

「気候のせいもあるのでしょうが……。食料事情が厳しいのかもしれません」

商人夫婦が交易品として駱駝に積んでいたのは、小麦や豆ばかりだったのを思い出す。彼らはそれを青金地区特産の軟玉と交換して、また王都へ帰るのだそうだ。

比較的安価な保存がきく食料と高価な宝玉の交換ができる黄金航路なので、夫婦だけでこっそりと貿易に励んでいるのだと自慢気に話してくれた。

「お父さまはこの状況を知っていて放置したのかしら？」

「中央から派遣された州牧《しゅうぼく》がどういう報告をしているかが問題ですね」

話しているうちに、低い石造りの頑健そうな王城らしき建物の前に到着した。

門構えは大きい……が、両開きの扉が半分開いたままになっている。しかも蝶番《ちょうつがい》が壊れていて、乾いた風が吹くたび不快な摩擦音が立つ。

「ずいぶん荒れているわ」

衛兵も誰もいない。半身を乗り出して門の中を覗《のぞ》いてみると、中もまた手入れが行き届いていない様子だった。白壁は茶色く汚れ、枯れた木の枝が鬱陶《うっとう》しくまとわりつき、地面にも腐った葉の塊《かたまり》のような塵《ちり》があちこちに吹き溜まっている。

「旅の人かい？　州牧たちはいないよ」

背後から声をかけられて振り向くと、蒼白《あおじろ》い顔色をした老人が杖をついて立っていた。

州牧ということは、この建物は王城ではなく庁舎らしい。

危なかった。知らず乗り込んでいれば、もしかして翠璋から密命を受けた官吏が待っていて捕らえられるところだったかもしれない。

「ご親切にありがとうございます」

礼を言ってそそくさと立ち去ろうとしたときだった。老人の目がはっと見開かれる。

「清我《せいが》……さ、ま？」

その視線は蒼仁に釘《くぎ》付けとなっていた。蒼仁もまた、老人の発した名前にびくりと肩をはねあげる。

「清我は父の名前です」

「なんと！　ではまさか、あなたさまは……」

「蒼仁と申します」

震え出した老人は杖を落として、弱い歩みでふらふらと近寄ってくる。

「あ、ああ……信じられません。清我さまのご子息で……？　すぐにお知らせせねば」

「父の居場所をご存じなのですか？」

蒼仁が歩み寄って老人の手を取ると、彼は両の瞳から糸のような涙をこぼした。

「もちろんでございます。ご案内いたします。どんなにお喜びになるか」

(ついていっても大丈夫そう)

老人の様子が二人を騙《だま》しているようには見えなかったので、彼のあとについて歩く。

道すがら、彼は族長の近況について語ってくれた。

「清我さまは五年前に腰を痛めたのをきっかけに、様々な不調に襲われて今は起きられる日と起きられない日が半分ほど。それでも、州牧が匙《さじ》を投げたこの地にどうにかしてもとの豊かさを取り戻そうと日々奮闘されております。我らの心の支えなのです」

「そうでしたか。しかし、州牧が匙を投げたとは? 庁舎も荒れていましたが、どこかへ行ってしまったのですか?」

問いかけに、老人は苦々しく頬をゆがめた。

「州牧も部下の官吏も東へ五日ばかり行った先の隣町に住んでいるようです。貧しく娯楽も少ないこの町には一時たりとも滞在したくないとのことで。近年では、秋口の税の取り立て時しか顔を出しません」

「なんて無責任なの」

思わず璃璃も口を挟んでしまった。責任者がこんな調子では、中央へ報告は届いていなかったのに違いない。

父は晩年、東の石榴国《ざくろこく》との抗争ばかりに固執していたところがあったので、報告が上がってこない西の属国のことなど忘れてしまい、放置につながったのだろう。

「さあ、こちらです」

案内された館は、かつての王の住まいとは思えないほどこぢんまりとしていた。柴垣《しばがき》を編んだ小さな門があるだけで、一歩踏み入れればすぐに玄関口へたどり着いてしまう。それでも、館を取り込む囲いはほつれなく整えられ、丸い庭石は綺麗《きれい》に掃き清められている。体調が思わしくない家主のため、誠心誠意世話をする人がいるのが見てとれた。

「ここには誰でも気軽に足を運んでよいことになっています」

館の中からは複数人の話し声がした。今も人が集まっているようだ。老人も通いなれているのか、軽い挨拶《あいさつ》をしてから屋内へ踏み込む。続く蒼仁の足取りが速くなった。

「おお、今日は起きていらっしゃるようです。皆さま、客人が見えましたよ」

部屋にいた十人程度の人々が一斉にこちらを振り向いた。年齢はやや高めの者が多いが、男性も女性もいる。

一同が輪を作って囲む形で、一人の小さな老人が座っていた。痩《や》せて顔には深い皺《しわ》を刻み、髪の毛は白くまばらで、着ているものは色がさめた藍染めの衣一枚だ。

（あの方が、蒼仁のお父さま？）

かつて一国の王だったとは思えないほどやつれて質素な姿に衝撃を受ける。案内をしてくれた老人の話から、蒼仁とそっくりな壮年男性を想像していたが、若くて凜々《りり》しく見目麗《うるわ》しい蒼仁と病人のごとき顔色をした老人は、まったく似ているとは思えなかった。

しかしながら、蒼仁を見たその場の人々は目を丸くして、口をぽかんと開く。

「……清我さま!?」

どうやら彼らの記憶の中の老人と蒼仁は瓜《うり》二つらしい。

当の蒼仁は戸惑いながら、一歩進み出た。

「清我と咲《さき》姫の息子、蒼仁です。あなたが父上、でしょうか?」

相手はかすかに目をみはった。しかし、続く言葉は静かで平坦なものだった。

「我が息子は金襴国の王城で囚《とら》われの身」

「その王城から逃げて参りました」

「人質の身で逃亡を図るとはなにごとか。我が国を危機にさらす大罪ぞ」

棒切れのごとき身体《からだ》から、威厳があふれる。

周囲の人々は反射的に頭を下げていた。その中で蒼仁はまなじりを決し、座して父親と正面から向かい合う。璃璃も隣に腰を下ろした。

「王都はそれどころではありません。陛下も王太子殿下も相次いで亡くなり、その上姫さまの婚約者が王位を簒奪しようと企《たくら》んでいるのです」

「なんだって」

誰もが初耳だとばかりざわめき立つ。

考えてみれば、璃璃たちは翠璋の正体が知れた翌日に王都を発《た》ち、寄り道せず最短の日数でここまでやってきた。

この町には州牧はいないため、知らせがまだ届いていないのだろう。

蒼仁は順を追って、ここ一カ月弱のあいだに起こった出来事を伝えた。

どうやら皇帝崩御《ほうぎょ》の報すら寝耳に水といった様子であり、一同は動揺を隠せない。

「あの苛烈《かれつ》王が……？」

「姫って、まさかその娘⁉」

誰かのつぶやきを契機に、場に緊張が走る。

充血した目を向けてくる者、まばたき一つしない者、剣呑《けんのん》なまなざしで刺すように見つめてくる者――。

押し寄せる殺伐《さつばつ》とした空気に、膝《ひざ》の上でコハクがぶわっと毛を逆立てる。

誰もが璃璃へ憎悪の感情を向けてくるのがわかった。

（こんなの……初めて……）

背筋にじわりと汗がにじむ。

常に皆から愛される『金の姫さま』だった自分は、ところ変われば憎き敵なのだった。

族長は眉間《みけん》の皺を深くする。彼だけは璃璃を一瞥《いちべつ》もせず、まっすぐに息子を見つめていた。

「つまりお前は、政変に紛れて姫君を連れて逃げてきたということか」

「そのとおりです」

「まさか我々にその娘を保護せよと？」

「そこまで考えてここへ来たわけではありません。ただ、もし可能ならばそうしていただけると助かります。姫さまは亡き王とは違い、我が国と友好的な関係を望んでいらっしゃいます。青金国《せいきんこく》の将来にも必要なお方です」

政治的な条件も織り交ぜて交渉をはじめた蒼仁だったが、族長は声を低くする。

「友好的？　我らを蹂躙《じゅうりん》した王の娘が？　嗤《わら》わせるな」

（……っ）

静かだが、深い怒りに満ちた声に璃璃の神経は張りつめる。

（簡単に受け入れてもらえるはずがない）

わかってはいたが、自身の存在が否定されたようで身が切られる思いがした。

「清我さま、姫はともかくご子息の身柄は引き取られてもよろしいのでは？」

老人の一人が声を上げた。周囲もそれには賛同する。

「せっかく戻ってこられたのです。再び人質に送る必要はない」

「姫をかばう義理はないが、政局も混乱しているそうですし蒼仁さまには残っていただきましょう」

（たしかに、蒼仁はここにいたほうがいいわ）

すっかり彼を巻き込み、甘えてしまったが、本来逃げる必要があったのは璃璃だけなのだった。

「わたし、すぐに広場へ戻って……」

まだ商人夫婦がいれば、彼らに頼んで別の町まで同行させてもらおうか。

けれども、隣から手首をぎゅっと摑《つか》まれる。

「だめです、俺は姫さまと行動を共にします。あなたが出ていくならば俺も一緒です」

「でも、せっかくお父さまに会えたのに」

「俺にとっては姫さまが一番です。一生ついていくと言ったでしょう。何度も言わせないでください」

そして、彼は父と一同を見回しながら真摯《しんし》に告げる。

「この方は俺の恩人です。王都へ送られた当初ずっと隔離の宮に閉じ込められていたのを救い、自由を与えてくれた。以来十二年間、人質として扱われたことはありません。今の俺があるのは姫さまのおかげなのです」

「……」

蒼仁の迫力に圧《お》されて、人々は押し黙った。

しばらくして、族長が小さく息をつく。

「皆、申し訳ない。息子と二人で話をしてもいいだろうか」

「……そうですね、それがいいでしょう」

中でも一番年長の男性が立ち上がれば、ほかの者も頭を下げてそれに倣《なら》った。璃璃もコハクを抱えて彼らに続こうと片膝を立てる。

だが、その袖《そで》をくんと引かれた。

「姫さまはここに」

「すぐ近くで待っているわ」

「いけません。なにかあってからでは遅い。俺は後悔しているんです、夢の話を聞いたのに、深く考えずあなたを一人にしてしまったのを」

「あのときとは違うわ」

「それでも、姿が見えないと不安になります」

押し問答を続けていると、族長が密やかな声で問いかけてきた。

「大切な人なのか？」

驚いて振り返った蒼仁は、深く息を吸ってから慎重に告げる。

「はい。命を賭《と》してお仕えする方です」

「……そういった意味ではなかったのだが。まあいい。ならば同席しなさい」

「ありがとうございます。姫さま、さあ」

促《うなが》されて、璃璃は座り直す。それでも、親子の語らいを邪魔しないよう遠慮して少しだけ下がった。

一連のやり取りを気にして部屋へ残っていた最後の人が、ようやく出ていく。

戸が閉まる音がするや、族長の硬い表情がみるみるうちにほどけた。眉が垂れ下がり、目じりには雫《しずく》が浮かび上がる。

「父上っ」

思わずといった体《てい》で蒼仁が腰を浮かすと、族長もまた立ち上がり、両者は固く抱き合った。

「よく……帰ってきてくれた……蒼仁、蒼仁！」

「父上──」

「こんなに立派になりおって……ああ、きっと青金神将《しんしょう》のご加護に違いない」

「父上、申し訳ございません、俺は母上を……病から守れませんでした」

「聞いている。つらかっただろう、たった一人で長いあいだ……」

父親の顔に戻った族長は息子を抱きしめ、声を立てて泣く。

（みんなの手前、毅然《きぜん》と振る舞っていたのね）

彼らの精神的支柱である立場上、金襴国へ肩入れするような態度を取れなかったのだろう。

親子の邂逅《かいこう》に璃璃までもらい泣きしそうになって、眉間に力をこめてまばたきを繰り返した。

やがて抱擁《ほうよう》を解いた族長は、膝を進めて璃璃と向き合う。

「姫さま、息子の心を守ってくださり、感謝いたします」

まさか礼を言われるとは夢にも思っておらず、わたわたと両手を振る。

「そんな！　いつも助けてもらってお礼を言いたいのはわたしのほうです」

すっかり険しさを削ぎ落とした表情になった族長は、肩を緩やかにした。

「本音を言えばあなたたちを歓迎したい。だが、そうもいかないのです。青金の民は積年の恨《うら》みをそう簡単には忘れられないし、今も水不足に苦しみ不作を憂《うれ》いている状況なのです」

人々の暮らしに余裕がない現状、息子を特別扱いすることも敵国の姫を受け入れることも、族長の立場では難しいのだろう。

「ご迷惑をおかけしないよう、なるべく早く出ていきます」

背筋を伸ばして告げれば、族長は首を横に振った。

「いや、すぐに立ち去れとまでは言いません。幸い州牧は離れた町にいて、王都の情勢がここへ伝わってくるまで時間がかかるでしょう。長旅の疲れを休めるくらい、皆も大目に見てくれるはず。衣食の面倒は見てやれませんが、この館の裏の離れにお泊まりください。長年誰も住んでいないので汚れてはいますが使えんことはないでしょう」

「ありがとうございます、父上」

「父親らしいことをなにもしてやれずすまない。今だけはしばらく、ここで語らおう」

それから——族長はここ数年の青金地区の状況を教えてくれた。
さっき見た荒れ放題となっていた石造りの建物はやはりかつての王城で、青金国が金襴国の一部となったときに召し上げられて州牧や官吏たちの政務所兼住まいにされたという。

終戦直後、金襴国からは復興を助ける技術者が多数派遣され、町は一時的に活気を取り戻した。その際、北の山脈から町へ流れる白魚川《はくぎょがわ》の河岸に、上質な軟玉が埋もれているのが見つかった。

玉は金襴国ではあまり採れないものであり、交易品として重宝されたおかげで町は経済的に潤い、蔓延《まんえん》していた飢饉もいったん収束した。

だが時が経つにつれ、数年ごとに替わる州牧たちは中央の目が届かないのをよしとして、私腹を肥《こ》やすことばかりに熱中するようになった。

勝手な増税や無茶な軟玉採取を繰り返し、町は再び疲弊《ひへい》していく。

ついに昨年の夏、雨が一滴も降らなかったのが決定打となり秋の大凶作を迎えた。備蓄や交易でなんとか一冬を越えたものの、今夏また雨が降らねば再び大きな飢饉が訪れるのではないかと人々は戦々恐々としているという。

璃璃と蒼仁は借りた離れに移ってから、今後について話し合う。

「やっぱり迷惑をかけてしまうから、早めに町を出るべきよね」

「急ぐ必要はないと父も言っていました。少しじっくりと考える時間をとりませんか？

翠璋は秘密裏に姫さまを暗殺したいと思っているはずで、追っ手が来るのはまだ先になるでしょう。せめて国王崩御の報がこの町へ届くまでは待ちましょう」

「たしかにそうね」

ひとまずは、荒れ果てた部屋を整えることにした。

とはいっても、二十日間の辺境の旅路で野宿も経験した身からすれば、綺麗なものだ。ほんの少し掃除をしたら快適な場所となるに違いない。

「お水を汲《く》みに行きましょう」

「そこにある桶《おけ》が使えそうですね。井戸はたしか広場にあったはずです」

留守番にコハクを残し、連れ立って広場へ戻った。

日はすっかり高くなり、容赦《ようしゃ》ないぎらつきを放っている。瞳も肌もじりじりと焦《こ》がされ、慌てて腕で遮《さえぎ》った。地表にもゆらりと陽炎《かげろう》が立っている。額《ひたい》に汗をにじませながら、煉《れん》瓦《が》を組んだ丸井戸へ近づいた。

乾いてぼさぼさになった縄を摑もうとしたとき、傍にいた商人風の男性が声をかけてくる。

「涸れてるよ」

「そうなんですか?」

「すぐ必要なら売ってやってもいいよ」

親指で自分の駱駝に積んだ皮袋を指し示す。蒼仁は肩をすくめた。

「いえ、ほかへ汲みに行きますので」

「どこも同じだよ。夜のあいだに少しだけ溜まるみたいだが、朝のうちにみんな奪うように汲んでいっちまうからな。どうしてもほしけりゃ、北の外れの白魚川まで行くしかない」

「それはたいへんね……」

璃璃は井戸の縁へ両手をついて中を覗き込んでみた。

間口が広いせいか煉瓦敷の底がよく見える。完全に乾き切ったという感じではなく湿った臭いがするので、商人の言ったとおり少し前までは水があったのだろう。

(雨はしばらく降っていないというから、きっと地下の水脈が生きているのね?)

もっと深く掘れば少しは変わるだろうか。

「あまり覗き込むと落ちますよ」

隣で蒼仁がはらはらしているが、構わず底を舐《な》めるように見つめる。水不足は深刻な問題だ。このまま夏本番を迎えれば、族長の言ったとおり飢饉待ったなしである。

(なんとかできないのかしら)

すると――底のほうからじわじわと水が浮き上がってくる。

(え、錯覚?)

右手で目を擦ろうとすると、手のひらが金色の光をまとっている。さらには、胸の中央にある金の印が熱を持ち、そこから力があふれてくる感覚がした。

「その手！　どうしたんですか!?」

異変に蒼仁も気づく。璃璃が茫然《ぼうぜん》と井戸の底を眺めているのを見て、彼もそちらへ視線を走らせた。びくりと肩を震わせ、彼もまた身を乗り出して覗き込む。

「水が増えている？　まさかあなたが？　どうやって？」

「わからないけれど、どうにかしたいと思ったら自然と金属性の力があふれてきて」

「もしや、金から水が生まれたとか？　『金生水《きんじょうすい》』といいますし」

はっとして蒼仁が指摘する。

五行の力には関連性があるのだ。水は金から生まれ、金は土から生まれる。土は火から生まれ、火は木から、木は水から生まれる。それぞれの関係は『相生《そうじょう》』といい、その属性をもつ人同士は相性がよいとされている。

「わたしの力……？」

「きっとそうです。すごいじゃないですか！」

井戸の水かさは、少しずつだが確実に上がってきている。

「なになに？」

会話を聞きつけた先ほどの商人が、首を伸ばして井戸を覗いてくる。とたん、大声を上げた。

「こりゃ驚いた！　水が湧いてるじゃないか」

広場にいた、ほかの隊商の人々も集まってくる。

「さっきまで涸れていたのが？」

「信じられない」

「なぜだ？　なんの奇跡か？」

そして、璃璃の手が金色に光っているのに気づいて、さらに騒ぎが大きくなった。

「あんた、術者か!?」

「水の能力者がいるの？」

「いや、金属性らしいよ」

あっという間に群衆に取り囲まれてしまう。蒼仁は両手を広げて璃璃をかばって前へ出た。

「押さないでください。……いったん離れましょう」

「待って。もう少しやってみたい」

せっかく力が発揮できたのだ。目覚めて間もない金属性の力をこうして操れるのは単純に嬉《うれ》しかったし、それが誰かのためになるのならなおさら続けたい。

「ならばほかの場所で試しましょう。ここは危険です」

半ば強制的に抱えるようにして、璃璃は井戸から引きはがされた。増えた水を見たいと押し寄せてくる人々をかき分けて、広場を脱出する。

「もう、蒼仁ったら、強引だわ」

「俺にはあなたを守る責務がありますので」

強い語調で宣言される。基本的には璃璃のわがままに甘い蒼仁だが、『仕事』だとか『責務』など真面目な物言いをするときは頑として譲らないのを経験則で知っている。

だから、礼を言って次なる交渉へ移った。

「かばってくれたのはありがとう。じゃあ、さっそくほかの井戸を探しましょう?」

「……本当に続きをするつもりですか? また野次馬に囲まれますよ」

「なら、人気のないところにすればいいわ」

意気揚々《いきようよう》と肩で風を切って歩き出す。蒼仁は大げさにため息をついて頭をかいた。

「人が集まってきたらまた撤退しますからね」

「わかっている」

こうして、璃璃は町中の井戸探しをはじめた。人家の敷地内にあるような場所は避け、誰とも会わなくて済みそうなさびれた井戸の水を増やしてみる。

偶然うまくいった一度目とは違い、いざ狙って水を生もうとすると案外難しい。体力の消耗も相まって、三つ目の井戸をいっぱいにした頃には立っているのもやっとの状態になってしまった。

「ここまでです」

促されて、さすがの璃璃もうなずかざるを得なかった。陽も徐々に薄橙色へ変わり、西の空を優しく彩っていた。

「歩けますか?」

「もちろん大丈夫よ」

と強がるものの、小さな石に足を取られて転びかける。

蒼仁が眉を下げ、大きな手を差し出してきた。口には出さないが、「言わんこっちゃない」と顔に書いてある。

(過保護なんだから……)

呆《あき》れながらも武骨な手に手を重ねた。きゅっと握り込まれると、璃璃の小さな手は見えなくなってしまう。

「よく頑張りましたね」

「うん」

学問の先生に褒められたみたいで、むずがゆい。彼の肩へ身を預ければ、二人の細い影が重なって一つになった。


野宿でも宿屋の大部屋でもない落ち着いた部屋で眠ると、ゆっくりと身体を休めることができた。

璃璃はひときわ元気いっぱいに目覚める。

日に焼けて白っぽくなった木の衝立《ついたて》を挟んで、まだ蒼仁は眠っていた。

(よそよそしくて変なの)

旅のあいだ見知らぬ人たちと同じ部屋に泊まる日は、護衛を兼ねて彼とくっついて寝たものだ。

(別に気にしなくていいのに)

二人きりになったからといって、今さら他人行儀に振る舞う仲でもない。

思い切って衝立を大きく横へずらした。

物音で目覚めた蒼仁が目を擦る。璃璃は跳びはねて、床に藁《わら》を敷き詰めて寝ている蒼仁の上へ覆《おお》いかぶさった。

「おはよう！」

「っ、お、はようございます……」

彼はまぶたをぱっちりと開き、両手で璃璃の肩を押してくる。どいてほしそうだが、構わず顔を近づけた。

「いいことを考えたの」

「とりあえず下りてもらえませんか……？」

「あのね、井戸の水を増やす件だけれど」

「ですから、いったん下りてください」

いたずらっこを諭《さと》す口調で言い、腕に力をこめて押してくる。璃璃はしぶしぶどいて、枕もとでそわそわと身体を揺らした。蒼仁は中途半端に伸びた前髪をかきあげながら起きる。寝乱れた襟もとを正し、背筋を伸ばした。

「話を聞きましょう」

真面目な対応をされると、寝起きの元気な勢いが削がれてしまう。こちらもようやく落ち着きを取り戻して正座しなおした。

「できることならこの町の井戸水を全部増やしたいと思ったの。でも、それにはすごく時間がかかるでしょう？」

「そうですね。井戸の数は軽く百を超えると思います。いったい何日かかることか」

「だったら、地下水ごと増やせば全部の井戸が満ちるんじゃないかしら」

目を輝かせて訴えれば、蒼仁はぽかんとする。

「はい？」

「昨日は井戸の水を増やしたいって願ってその場限りで力を送っていたのよ。だけれど、その対象を土地そのものにすればいいんじゃない？　土地自体の水属性《すい》の力を強めるの」

亡き父の話の中で思い出したことがあった。

石榴国との交戦が長引いていたとき、国力は金襴国のほうが圧倒的に強いのになぜ相手方はなかなか屈しないのか父なりの考えを教えてくれたのだ。

かつて石榴神将が治めていたかの国では、火属性《か》の民が多いのと共に土地そのものに火属性の力がたくさん宿っているのだという。

火属性には人々の団結力を強め、争いごとに力を発揮する特性がある。だから、金襴国の兵は圧し負けてしまうのだと。

現在の青金地区は、日照りが多くて水不足。本来豊かな水源に恵まれた国だったはずが、属性がおかしくなっている状態なのだ。だから土地が元通り水属性で満ちれば、自《おの》ずと問題は解決するのではないかと考えた。

「土地のって……、壮大すぎませんか?」

「時間がないからすぐに取り掛かりましょう!」

待ちきれないとばかり立ち上がれば、蒼仁は慌てて膝立ちになり、手首を摑んできた。

「お待ちください。どこへ行くつもりですか?」

「水といえば、風水的に北の方角よ。たしか白魚川とかいう川があるんでしょう? きっとそこがこの地の水脈の要《かなめ》だわ」

鼻息荒く告げる。

結局——璃璃の主張に折れた形で、二人はコハクを連れて北へ向かって出発した。

徐々に高くなる太陽に脳天をじりじりと焼かれながら一刻ほど歩き続けると、ようやく水の流れる音が聞こえてきた。

乾き切った空気に湿り気が混じり、川が近づいてきたのがわかる。枯れ木やしおれた草が多かった大地がだんだんと緑色に満ちてきて、急こう配の坂が現れた。

きっと向こうが川だ。

疲れを忘れて早足になる。すべて上りきったところで、眼前に白と灰色の大きな丸石が転がる岸が見えた。その中央に、生まれたての青蛇《あおへび》のごとく細くくねった水が流れていた。

「川……って聞いたけれど」

璃璃の知っている川は、夏場は子供たちが泳げるような広さをしたものだったが、目の前の白魚川は雨どいを流れる水のごとく頼りない。

もっと近くで確認しようと走り出した。大きな石に足を取られながら水面へ手を伸ばしたところで、川上から大きな声が飛んできた。

「お前たち、何者だ？」

はっとして見れば、よく日焼けした上半身をさらした男性たちが立っていた。

彼らは肩につるはしなど掘削《くっさく》道具を担いでおり、ずんずんと大股《また》でこちらへ向かってくる。

「玉の採掘は許可を得た者しかできない」

「帰れ！」

どうやら彼らは特産の軟玉採掘の作業員らしい。泥棒を見つけたと勘違いし、まなじりを吊《つ》り上げてやってきたのだ。

「違うんです、俺たちはその……観光客で」

とっさに蒼仁が苦しい言い訳をするが、とうてい信じてはもらえない。むしろ疑いを深めて、ものものしい空気に包まれた。

ここはきっと正直に告げたほうがうまくいく。

胸を張り、正々堂々と宣言した。

「わたしたちは川の水を増やしに来たのです！」

厳密に言えば土地の水属性を高めに来たのだが、広義では同じだ。

すると、男性たち五人のうち四人が揃《そろ》って首をひねった。

「はあ？」

「なに言ってるんだ」

しかし、一人だけは瞠目《どうもく》していた。

「そういや昨日、広場の井戸水を増やした術者がいるって聞いた」

璃璃はすかさず合《あい》の手を入れる。

「それはわたしです。ここでも同じことをしてもいいですか？」

「いいですかと言われてもな」

彼らは困惑した様子で互いを見合う。

「あなたたちはこちらで働かれているのですよね？　でしたら、作業しながらわたしたちを見張ってもらって、不穏な動きをしたら止めるというのはどうですか？」

「まあ、それなら……」

半信半疑といった体だったが、しぶしぶうなずいてくれた。

（よし）

さっそく璃璃は屈みこみ、川の中へ手を入れる。外気の暑さと比べてずいぶんと冷たい。

「俺もなにか手伝えませんか？」

「大丈夫よ。コハクを見てて」

「わかりました」

（頑張ろう）

肩の力を抜いて、水中へ金属性の力を送り込む。

「……おい、なんだあれ」

「金色に光っているぞ」

「なぜ金色？　青じゃねえのか？」

作業員の男性たちはしばらくのあいだ訝《いぶか》しがって遠巻きに眺めていたが、じっと動かずたたずむ姿にやがて飽きたらしく、一人また一人と背を向けて仕事へ戻っていった。

途中で璃璃は昼食用に持参してきた蒸し豆を食し、喉《のど》の渇きは川の水を口にしてしのぎつつ、ひたすら川へ願い続けた。蒼仁は退屈だろうに文句一つ漏らさず、つかず離れず見守ってくれた。

高かった日が西へ傾きはじめると、日中の暑さが緩んでくる。水につけっぱなしの手が冷え切って感覚がなくなっていた。

「そろそろ終わりにしませんか？」

おずおずと話しかけられて、璃璃は我に返った。

ずいぶんと集中していた。

見れば、石ころを転がして遊び回っていたコハクも、疲れたのか足もとに寄り添って丸くなっている。

「でも、まだあの人たちは仕事をしているわ」

ほどよく離れた河岸で、男性たちもまたこちらをうかがいながら掘削を続けていた。

「俺たちを見張らないといけないので、帰るに帰れないのでは？　だいぶ疲れている様子ですよ」

一日中河岸を掘り返していた彼らは、すっかり腰を曲げて項垂《うなだ》れている。収穫もほとんどなかったらしく、それも疲れを倍増させているとみえた。

（軟玉は川が山脈から運んでくると聞いたわ。この水量じゃ新しいものは流れてこなそうだものね）

秋の不作も心配で、その上交易品も枯渇するとなれば、彼らの暮らしはよりいっそう厳しくなるだろう。

璃璃は勢いよく水から手を引き上げた。そして改めて誓う。

「明日も頑張るわ」

「ンアー」

コハクが伸びあがり、まだ濡《ぬ》れている手にすり寄ってくる。柔らかな毛がふれるとちくちくする。璃璃の手は、ひどいしもやけを負ったように赤く腫《は》れていた。

「手当てが必要じゃないですか！」

蒼仁も気づき、コハクを押しのけて両手で握ってくる。あたたかなぬくもりに包まれれば、ぼやけていた感覚が戻ってきて、痛痒《いたがゆ》さが追いかけてきた。

手だけではなく、ずっと屈んでいたから身体もあちこち軋《きし》んでいる。ぎこちなく立ち上がり、川上にいた男性たちへ声掛けした。

「わたしたちは明日も同じ時間にここへ来ます。またよろしくお願いします」

ようやく帰るのかとばかり、彼ら一同ほっとしたように眉を下げた。やはり璃璃が帰らないから根競べ状態になっていたようだ。

（一日頑張ったわ。でも……今日はそこまで疲れていないみたい）

井戸水を増やそうと闇雲《やみくも》に力を使った昨日とは違う。金属性の力を川へ注ぐと同時、川から水属性の力を受け取れた気がする。

（明日はもっと力が使えるかもしれない）

決意新たに帰路へつく。腕に抱いたコハクは鼻をぴくぴくさせながら眠っていた。


翌日、璃璃が川へ行くと、すでに作業をしていた昨日の男性たちの中から一人が進み出てきた。

「うちのじいちゃんから聞いたんだが、あんたたちまさか族長さまの息子と金の姫なのか？」

一瞬の間をおいたのち、ほかの四人の空気が変わる。

「は？」

「なんだって⁉」

最初に指摘してきた男性は眉を吊り上げている。好意的とはいえない感情が漏れていた。

「お下がりください」

とっさに蒼仁が前に立って璃璃をかばおうとする。けれども、璃璃はするりと抜けて堂々と答えた。

「そのとおりです。わたしは璃璃、金襴国王の娘です」

「そんなはっきりと」

蒼仁は慌てているが、璃璃はさらりと言う。

「どうせ一部の人には知られているのだし、隠してもすぐに広まるわ。数日したら発つつもりなのだから、もういいじゃない」

土地の水の力が高まるのを見届けられたら、早々にこの地を離れるつもりでいた。

「金襴国王……って、青金人の敵じゃねえか」

「だが、清我さまの息子って、どういう意味だよ」

混乱する仲間たちに、最初の者が小声でなんらかの説明をした。すると、一同は憎々しげなまなざしをこちらへ送ってくる。

「姫さま、今日はいったん帰りましょう」

「ううん、帰らない。だって、あまり時間がないもの」

身の危険を察知した蒼仁はこの場から璃璃を遠ざけんとする。だが、頑《かたく》なに首を振って座り込んでみせた。

昨日と同じく水の中へ手を差し入れる。

「やめろ！　俺たちの大切な川だぞ」

興奮して叫んだ男性へ、璃璃は強いまなざしを送った。

「わかっています。だから、どうにかしたいのです。この地を去る前にできるだけ力を送ります。父がかつてしたことがなくなるわけではありませんが、わたしにはわたしのできることをさせてください」

「……」

勢いを削がれた様子で彼らは黙る。

ひとまず、怒りに任せて詰め寄ってくることはなさそうだった。璃璃は深呼吸して再び川と向かい合う。

肩をいからせた蒼仁と毛を膨らませたコハクとに阻《はば》まれて、五人はしばらくひそひそとなにかを言い合っていた。だが、やがてこちらが動じないでいれば諦《あきら》めたふうに遠ざかる。

周囲にはほんのりと緊張感が漂ったままだったが、それぞれが自分の作業へ戻った。

しばらくして、蒼仁がぽつりとこぼす。

「……驚きました。いつの間にそんな迫力を身につけられたのです？」

「迫力って、もしかして言い方が怖かった？」

「堂々とされていて、亡き陛下を彷彿《ほうふつ》とさせました。彼らも二の句が継げなくなっていましたね」

「お父さまは言いすぎでしょう。もっと頑張らないと」

するると、蒼仁は大きな手を伸ばしてきた。黒くなった璃璃の頭を軽くぽんぽんと撫でてくれる。

「十分頑張っていますよ。嫌な思いをしたでしょうに。姫さまの気持ちはきっと彼らにも伝わります」

「蒼仁……」

思わず、水から手を出して彼を見る。おおらかな包容力のあるまなざしがこちらへ注がれていた。

「頑張れるのは……あなたが励ましてくれたからよ」

父と兄を失って泣くしかできなかったのを、彼は強く諭してくれた。前を向こうと思えたのは彼の言葉があったからだし、翠璋の魔の手から逃げたあともずっと傍にいてくれたから、璃璃は絶望せずにいられた。

「本当ですか？　では、これからも励まします」

「うん、よろしくね」

誰からなにを言われようと、冷たくあしらわれようと、関係ない。再び手を水につけると、これまでよりいっそう金色の光が強くなった。

璃璃と蒼仁の噂を聞きつけたのか、その次の日には遠巻きに見物に来る人がぱらぱらと増えていた。

あまりいい感情を向けられていない。だいたいは眉をひそめてなにかを囁き合っている。中には聞こえよがしに「帰れ」と罵《ののし》ってくる者もいた。

しかし、璃璃の傍に強そうな蒼仁が立っているのが抑止力となったのか、大きな騒ぎには発展しなかった。璃璃は璃璃で言い返しもせず一心不乱に水と向き合っていたので、彼らはそのうち諦めて帰っていった。

だが、そろそろ潮時かもしれない。

金襴国から政変の知らせはまだこの地へ届いていないが、姫が人質と共に逃げてきたという噂は人々のあいだですっかり広まっている。蒼仁が族長の息子であるため、危害を加えようとか捕らえようとしてくる者はいないとはいえ、このままずるずると滞在を続けるのは得策とはいえなかった。

（やっぱり土地そのものに働きかけるなんて無謀だったのかしら）

そして白魚川へ通いはじめて五日――、そろそろ弱音を吐きたくなってきた。

朝から一段と強い陽射しに焼かれながら、急こう配の坂を上って河岸を見下ろしたときだった。ふと、違和感に気づく。

いつも璃璃たちを遠巻きに見張っていた作業員の男性たちが、綺麗に横並びになって背を向けていた。

皆揃って川を眺めている。

「おはようございます。魚でもいましたか？」

にこやかな返事は来ないとわかっていながら、璃璃は柔らかな声で挨拶する。

彼らとは五日間毎日顔をつき合わせていたが、挨拶も一方的で非友好的な態度は続いている。しかし、振り返った彼らの表情はいつものとげとげしいものではなかった。

瞳を丸くし口をぽかんと開けている。敵意などまるでなく、ひたすら呆《ほう》けているようだ。

「どうかしました……？」

「水が増えてるんだ」

「えっ、本当ですか！」

璃璃の大声にびっくりしてコハクが腕から飛び降りる。両手を振って河岸まで駆け寄れば、涼やかな湿り気のある風が頬をうち、耳には爽《さわ》やかな流水音が響いた。

「水が……流れているわ」

見下ろした川は、たしかに昨日より広くなっていた。

水量よりも明白なのは流れが速かった。生き生きとしぶきを上げて岸へぶつかり、ところどころにこぶのような淵《ふち》を作って水たまりとなり、楽しげに音楽を奏でながら走り抜けていく。

（効果があった……？）

棒立ちになる璃璃の肩を、追いついてきた蒼仁がばしばしと叩いてくる。珍しく制御できないほど興奮しているらしい。

「やりましたね！　姫さまの頑張りが実を結んだのです」

「待って、たまたま山のほうで雨が降ったのかも」

確証はない。全部自分の手柄だなんて図々しくは思えない。

だが、少しくらいなら自惚《うぬぼ》れてもいいだろうか。

（やった……）

じわじわと喜びが湧いてくる。足が地につかず、ふわふわした。

「効果が出たのですからここで終わりにして、いよいよ町を出ませんか？」

しかしその言葉に、興奮をきゅっと引き締めてかしこまる。

「ううん、やっぱり偶然かもしれない。もう少しだけ頑張らせて。本当にわたしの力が効いたのかどうか、ちゃんと実感したい」

「ですが、あまりずるずると滞在を延ばすのもよくありません。ひとまず今日までにしませんか？」

びしっと期限を切られてしまう。反論したいが、いつまでもわがままを言っていられる状況でもなかった。

「わかったわ……」

作業員の男性たちは慎重な面持《おもも》ちでこちらの会話へ耳を傾けていたが、納得しきれない様子で一人また一人と仕事へ戻っていった。

だが、たまたま通りかかった人がいて知らせたのか、水が増えた川の様子を見に来る人がだんだんと集まってきた。

「水が流れてるぞ！」

「勢いが強くなってる」

噂が噂を呼び、日が高くなる頃には河岸は見物人であふれていた。不思議なことに、人が増えるのと比例して水量も増し、本来の川らしい姿へ変化していく。

そのうち、子供が数人やってきて靴を脱ぎ川遊びをはじめた。

「懐かしい。まるで昔に戻ったみたいだ」

老夫婦が川に向かって両手を合わせ、声を震わせる。

さすがに璃璃も集中できなくなり、川から上がった。そこへ、背後からおずおずと声をかけられた。

「あの」

背に赤ん坊をおんぶした若い女性だった。水を滴《したた》らせる璃璃の手を見下ろし、柳眉《りゅうび》をひそめる。

「これを使ってください」

綺麗な真っ白い手巾《しゅきん》を差し出してくる。びっくりして目をしばたたいていると、さらに別の女性が割り入ってきた。

「いつもふやかした豆しか食べてないって、うちの人から聞いてます。どうぞお肉も食べて。身体が持ちませんよ」

そう言って葉に包んだ鶏肉《とり》を璃璃の胸へ押しつけてきた。

「あの、うちの人って」

「そこでつるはし握ってる男ですよ」

指をさされた方角には顔なじみの作業員の男性がいて、そのうちの一人が照れくさそうにそっぽを向いた。どうやら家で妻へ璃璃たちの話をしていたらしい。

「朝からほとんど休みなくずっと水に手を入れて耐えているって。水を増やしてくれたんですね、ありがとうございます」

「ええと……、頑張ってはみたのですが、まだわたしが増やしたかどうかはわからなくて……」

「ですが、うちの井戸の水も増えてるんです。今朝は特にそう。前に広場の井戸の水を増やしてくれたのもあなたなんですよね？」

するとまたもや別の女性も話に加わってくる。

「近所の井戸水もです！」

「すごく助かっています、ありがとうございます」

次から次へと人が押し寄せてきて、あっという間に囲まれてしまった。彼らは口々に礼を伝えてくる。

（わたし……役に立てたの？　嬉しい）

喉の奥が震える。声が出せないまま、腫れた両手を握りしめた。

けれども、そこへ鋭い声が斬《き》り込んできた。

「なにがありがとうだ！　そいつは苛烈王の娘だろう？　俺たちの国をこんなにした張本人じゃないか！」

とっさに振り返る。拳を振り上げた年配の男性が顔を真っ赤にして立っていた。

「白魚川はもともと広くて深い川だったのに、戦《いくさ》で金襴国に蹂躙されてすっかり様変わりしちまったのさ。青金神将の加護が消え、民からは水属性の力が薄れ、土地がこんなに涸れたのは全部お前のせいだ！」

あたたかな空気が冷えて、辺りはしんと静まり返る。

（そうよね、簡単に助けたような気持ちになっていたらだめだわ）

緩んでいた口もとを引き締める。

「それは彼女のせいでは――」

「ううん、いいの。お父さまが戦争を起こしたのは事実だもの」

強い口調で蒼仁が言い返してくれるが、その袖を摑んで首を横に振った。

「ちょっと待ちなよ、じいちゃん！　それってこの子を責める理由にならないよ」

すると、一人の女性が声を上げた。璃璃をかばうように立ち、老人をにらみつける。

突然の加勢に驚いていれば、周囲にいた女性たちは揃って口を開いた。

「戦、戦って年寄りは言うけど何年前の話よ？　わたしら生まれる前だよ。この子だっておんなじでしょう？」

「もう何年も不作と日照りばっかりなのに、この子は関係ないよ」

女性たちばかりではない。近くで作業をしていた顔なじみの男性たちも、おずおずと輪に加わってきた。

「俺たちは毎日見てたけど、冷たい水に一日中手を浸して必死にやってたぜ。水が増えたのは、この子のおかげだ」

「そうだ、じいさんのはただの八つ当たりだ。恥ずかしいぞ」

（みんな……）

まさか、遠巻きによそよそしかった彼らまでもが味方してくれるとは思っていなかった。

不覚にも、目頭《めがしら》が熱くなる。

「姫さまの頑張りが実を結んだのです」

極めつけのごとく蒼仁が優しく言うから、堪《こら》えていたのに視界がぼんやりとにじんでしまった。

（もう泣かないって決めたんだから）

喉の奥へ力をこめて、涙を引っ込めんとする。川面には輪の中心でしかめ面《つら》をしている璃璃が映り、自分で自分の顔がおかしかった。

多数の若者から非難めいた視線を受けた老人は、居心地が悪そうに肩をすくめてそそくさと去っていく。

「……ありがとうございます」

璃璃は涙を堪えんとして変になった声で礼を述べた。

女性たちは小動物を愛《め》でるみたいな目で璃璃を見つめてくる。

「わたしたちこそきちんと言っていなかったわ。ありがとう、お姫さま」

「っ」

誰かに感謝してほしくてしたことではない。ただの自己満足ではじめただけだ。

それでも、直接こうやって言葉にされると喜びが弾けた。

再びあたたかな空気に包まれる中、一人の男性が笑いを交えながら言う。

「お姫さまさあ、うちの畑にも水撒いてくれないかな？　瓜畑なんだけど、全然大きくならなくて、今のままだと収穫できないんだよ」

「馬鹿ね、なに言ってるの。うちのはもう水とかそういう次元じゃないでしょう」

すぐに、隣にいた妻らしき女性が目を丸くして夫をたしなめる。

だが、璃璃は気になってしまい問いかけた。

「どういう意味ですか？」

「いやいや、気にしないでくださいね」

妻は遠慮して後ずさるが、夫はあっけらかんと告げてきた。

「うちの瓜、本来はまもなく収穫の時期なんだけどね、ずっと雨が降らないし水も撒けなかったんで、今さら水をやっても致し方ない状況なんだよ」

水さえ増えれば彼らの暮らしがなんとかなるわけではないのだ。

「そうなのですね……、でも、なにか別の形で力になれないかしら」

振り向きざまに蒼仁をうかがい見る。彼は腕を組んだ。

「植物の成長を促すのは木《もく》属性の力ですね。姫さまの金属性とは相剋《そうこく》の関係で、むしろ不得意な方面かと」

（木属性……？）

ふと、悪夢で見た翠璋の力を思い出す。

毒と首を絞められたせいで苦しみにゆがんだ兄へ発せられた彼の力は、緑色の光だった。

そして、光に包まれた兄の形相は見る間に穏やかなものへと変化していった。

あれは『植物の成長を促す』のと似たもので、皮膚《ひふ》を再生するとかそういった力なのではないか。

（お兄さまの攻撃でついた手の傷跡も、翌日なのにほとんどそうとは見えない治りかけと思えたのは、もしかして）

ひょっとしたら、彼は金と水の双属性《そうぞくせい》なだけではなく、木属性でもあるのではないか。

（そういえばわたし、翠璋といるとなんだか居心地が悪くて……）

夢でも現実でも嫌な目に遭ったせいか、彼を思い出すだけで胸がむかむかしてくる。だが、以前から璃璃は彼が苦手だったのだ。

属性の相性が悪いせいもあったと考えるとしっくりくる。反して、いつも璃璃の気持ちに同調してくれる蒼仁は、翠璋への違和感だけはあまり理解しなかった。蒼仁は水属性なので、相生関係の木属性とはうまが合う。

（やだ……、本当にそうかもしれない）

推測は、説明がつけられなかったぼんやりとした違和感の答えとして、ぴたりとはまった。

「どうしました？」

長く無言でいたせいか、蒼仁が気づかってくる。

はっとして、なんでもないふうを装った。

「ううん、木属性の力は無理だけれど、ほかの方法を考えていて」

相性が悪いとはいっても『金剋木《きんこくもく》』、つまり金は木を剋《こく》す側である。勝敗の問題ではないが、木属性よりも上位に立ちたいという妙な欲求が湧いてきた。

（お兄さまならどうする？）

懐かしい顔を思い出すと、連鎖して幼い頃の思い出が脳裏によみがえる。

庭で毬《まり》つきをしていて、誤って母の大切にしていた花壇《かだん》を踏み荒らしてしまったことがあった。

母を悲しませるのは嫌だし、正直に告げて怒られるのも嫌で、どうしていいかわからず泣いていたところ、兄が通りかかった。

白く繊細な手を土で汚して、彼は倒れた花を綺麗に植えなおしてくれた。それでも元気なく項垂れる花へ向かって、金属性の力を柔らかく当てたのだった。

『どうして？　お花が切れちゃうよ』

『違うよ、金の刃を当てているわけじゃない。土へ養分を送ってあげたんだ』

訊《き》けば、金属の中には植物の栄養素となる成分が含まれているものがあるという。兄はそれを土へ送ることで、しおれた花を間接的に助けようとしたのだった。

結果、元気をなくした花はすぐ元通りになったわけではなかったが枯れずに済んだ。春を終える頃、ようやく花をつけてくれるまで回復したのだ。

「わたしにもできるかもしれない」

「え、なにがですか？」

「時間はかかってしまうけれど、作物を少しは元気にできるかも。すみません、あなたの瓜畑へ案内してくれませんか?」

「姫さま……!」

驚き呆れる蒼仁をなだめすかし、夫婦の所有する畑へと移動することになった。

川を見に来ていた群衆の一部は、新たになにが起こるのかと興味を引かれた様子でついてくる。

夫婦の畑に到着した。本来であれば健やかな緑色一面で覆われているはずの大地は、等間隔に敷かれたむしろと同じ茶色の枯れかけた葉がかさかさと鳴る、寂しげな様子となっていた。

(たしかお兄さまは、こうやって……)

記憶の中の兄の力を思い出しながら、力《りき》んでみたり呼吸を浅くしたりして、指先から発する金色の光の色具合を調整してみる。

……なかなか難しい。

水へ手を浸しながら力を使っていたときと違って、炎天下で力を具現化するのは体力も使った。

額ににじむ汗が頬を伝って足もとへぽたぽたと落ちる。

「一日に詰め込みすぎです。今日はもうやめましょう?」

はじめてまだ数分しか経っていないのに、過保護の蒼仁は重大事項を告げるふうな口調で言ってくる。

「時間がないわ。今日までは頑張っていいって約束したじゃない」

「川の水を増やす話でしょう？　新しいことをはじめるなんて想定していません」

「じゃあ、もう少し滞在を延ばして、明日からも畑へ養分を送れるか試していい？」

「それはだめに決まって……」

言いかけたところで、背後にいた見物人たちがざわめき出す。

「行ってしまうのか？」

「せっかく水が増えはじめたと思ったのに」

それみたことかとばかり、璃璃は胸を張る。黒目がちの目をさらに大きく見開いて、小鼻を膨らませる。

「ほら、みんなまだ不安がっているわ。ここで投げ出せないと思うの」

「その顔、やめてください」

「やめないわよ。見て見て」

嫌がらせのごとく顔を近づけて、勝ち誇った表情を見せびらかす。

「……わかりましたよ。まったく仕方がないですね」

「さすが蒼仁！　いつも理解してくれて嬉しい。大好きよ」

「はいはい、光栄です」

投げやりに返されたのがおかしくて、噴き出してしまう。しかめ面でしぶしぶ許可を出した彼もまた、つられて口もとを柔らかくした。

「俺たちにもなにかできないかな。お姫さまだけに頑張らせるわけにはいかねえよ」

瓜畑の持ち主の男性が、うーんと唸《うな》って首を傾げる。

そういえば、と妻が手を叩いた。

「昨日くらいから胸の青金の印がむずむずして、今朝見たら青い光が強くなった気がするんですよ。生まれつき水属性ですが、力なんて全然なかったんです。なのに、お腹《なか》の底からふつふつと力が湧いてくるような妙な心地がして」

「それ、わたしが金属性に目覚めたときと同じです！」

驚きのあまり女性に飛びつき、手を握る。彼女は照れくさそうに視線を泳がせた。

「じ、じゃあ、お姫さまみたいにわたしもなんかできますかね……？」

「できますよ、きっと。一緒に土地の水の力を高めましょう」

すると、蒼仁まで胸もとを押さえながら言ってくる。

「実は俺も似た感じなんです」

「え？　見せて」

身を乗り出し、背伸びして彼の胸の合わせを勝手に開く。形のよい鎖骨の下で薄水色の丸い宝玉が、ほんのりと輝いていた。

「もしかして、姫さまのお力は土地だけではなく人へも影響を与えたのかもしれません。だから、俺の眠っていた水の力が目覚めたとか」

蒼仁の推測に、周囲の人々も自分の胸もとを確認し出す。

「言われてみれば、俺のも光ってる気がする」

「そういえば、今朝は目覚めがよくて、朝から元気なのよ」

水属性の力が増したと自覚する者があとからあとから現れ、「俺も」「わたしも」の大合唱となった。

青金地区には力を持たない水属性の民が多いとは聞いていたが、全員がそうだったのではないかと錯覚するくらいだった。

（これだけ多くの人たちが力を発揮すれば、土地の力はもっと強まるはず）

璃璃は確証めいて拳を握りしめる。

「皆さん、一緒に水の力を大地へ送りましょう。きっと近いうち、潤いに満ちた以前の町へ戻るはずです」

「お姫さまもどうか一緒に！」

「もちろんです」


——こうして、人々と共に活動していくうち、気づけばひと月が経っていた。

はじめの数日は追っ手が来ないかどうかとぴりぴりしていた蒼仁も、だんだん諦めの境地に達したのか、出発を促すのをやめて全面的に協力をする側へ回ってくれた。

多くの人々の信頼と助力を得たためか、加速度的に状況は改善されていった。白魚川の水量は増し、井戸の水は満ち、七日に一度は雨まで降るようになった。

気候の変化よりも著《いちじる》しかったのは、人々の様子だった。

活動的な人が増え、病人は気分がよくなり、怪我《けが》人は常以上の回復力を発揮した。町は日増しに活気に満ちていく。

ある日、璃璃と蒼仁は族長の家へ呼び出された。

離れに住んでいたとはいえ、周囲の目を気にして親子はずっと顔を合わせずにきたため、久しぶりの対話となった。

族長は、彼を慕う数名の人々に囲まれて、まっすぐに背筋を伸ばして座している。ひと月前に会ったときは顔色が優れず、蒼仁の父というよりは祖父と間違うほど年老いていたが、襟を正しているせいか威風堂々とした壮年の人物に見えた。

向き合って座し、族長と蒼仁が他人行儀な挨拶を済ませたあと、璃璃は黙っていられず口を開く。

「すぐに出ていくとお約束したのに申し訳ありません」

本来ならば追い出されてしかるべきだった。それを、親子の情にすがって住まいまで借りて滞在を続けてしまっていたのだった。

「蒼仁はご迷惑がかかる前に発とうと何度も言ったのに、わたしがわがままを言って留まっていたのです。今度こそ、荷物をまとめて出ていきます。どうかお許しください」

人々のためになると大義名分を掲げてはいたが、結局は璃璃が誰かの力になれるのが嬉しかっただけであり、独りよがりの満足感に浸っていたのだ。今さらながら申し訳なさと自己中心的な恥ずかしさがこみあげてきて、頰が火照《ほて》る。

「いいや、今日はそれを責めるために二人を呼んだわけではない」

しかし、族長は張りのある声でそう言い、雑に畳まれてよれた書簡《しょかん》をこちらへ差し出してきた。

「これを見てほしい。王都から州牧宛《あ》てに届いたものだ。隣町でしばらく持て余されていたらしく、こちらへ届いたのが昨日の夜だった」

「失礼します」

蒼仁が受け取り、勢いをつけて広げる。そこには、驚愕《きょうがく》の内容が書かれていた。

「嘘……！」

隣から横目で確認した璃璃は、思わず頓狂《とんきょう》な声を上げてしまう。

王都では、王と王太子と姫が同時期に亡くなるという思いがけない不幸があったものの、金の姫は亡くなる前日に婚約者と成婚しており、王配となった翠章が正統な後継者として混乱する城内を収めているというのだ。

「結婚なんてしていないのに」

悔しさと、なんともいえない嫌悪感で胸がむかむかする。

「それだけではありません、これを」

蒼仁が指し示す続きを見れば、死んだはずの金の姫を騙《かた》る偽者《にせもの》が各地に現れて王位の簒奪を狙っていると記されていた。

『国家の危機に乗じた許しがたい行為である。見つけ次第捕らえて王都へ送れ。その際生死の如何《いかん》は問わない』

書簡の最後には、璃璃が翠章に渡してしまった印章と兄のものを陰陽の形に合わせた玉璽が押してある。すなわち、王が発した正式な通達という意味だ。

「許せない。簒奪したのは自分じゃない。どういうつもりでこんな嘘を」

「逃げた姫さまの行方がわからなかったので、怪しい者はすべて捕らえようというのでは？　どこかで生きていられるのを恐れているのでしょう」

「でも、翠璋はわたしと蒼仁が一緒なのを知っているでしょう？　故郷へ逃げ込むくらい想像できるんじゃないかしら？」

目印になりやすい金の髪を少し短くして黒く染めて逃げたが、それだけで翠璋の目を欺《あざむ》けるものだろうか。

璃璃の疑問には、代わりに族長が答えてくれる。

「もちろん真っ先に疑われただろう。しかし、肝心の州牧は隣町にいて、この町の状況を把握《はあく》していなかった。面倒ごとが嫌いなあやつは、自分が町を離れて暮らしているのを隠したいがため、そのような者はいないとでも適当に答えたのではないかと。書簡の日付もだいぶ前。今になってやっと届けられたのは、そういうわけだろう」

「この地が見捨てられた辺境なのが幸いしましたね」

自虐《じぎゃく》めいた発言をする息子を、父親がじろりとにらみつける。蒼仁はしまったとばかり、口を引き結んだ。

「さて、ここからが本題だが」

咳《せき》払いを挟み、族長はまっすぐなまなざしを璃璃へ向けてくる。

「せっかくうまく潜伏できているのだ。当面留まってはどうだろうか」

「ええっ」

狼狽《ろうばい》しすぎて、声が裏返ってしまう。

息子を想って匿いたい気持ちは山々だと前に打ち明けてくれたが、あくまで族長としては、青金の民を危険にさらすわけにはいかない。二人には出ていってほしいという立場を取っていたはずだった。

慌てて彼を取り囲む老人たちを見回す。手のひらを返した族長を責めたりしないだろうか。彼らは璃璃を敵の娘と憎んでいた。

だがしかし、皆まろやかな目をしている。

(なぜ？　族長さまが説得してくださったの？)

困惑しているのは蒼仁も同じだった。

「父上のお心づかい、たいへんありがたいとは思います。しかし、書簡を見る限り我々は確実に狙われる身。故郷に迷惑をかけるわけにはいきません。姫さまこそがそれを望んでおりません。我々は明日には出ていきます」

きっぱりと申し出を断ると、老人たちは明らかな動揺を示した。

「そんなこと言わんでください」

「我々は、ご子息にも姫にも是非とも留まっていただきたいと考えています」

以前とは正反対の意見だった。彼らは必死な様子で言いつのってくる。いったいどういう風の吹き回しだろう。

族長は彼らを見渡してから、唇に弧《こ》を描いた。

「姫は渇きに苦しむ我らの町を助けようとしてくれた。見返りを求めず、ただひたむきに向き合う姿が皆の胸を打ったのだ。族長として礼を言いたい。金の姫、ありがとう」

深々と頭を下げる族長に倣い、部屋にいた一同は揃って首《こうべ》を垂れた。

「え、待ってください、そんな、お礼なんて……っ」

焦って璃璃は立ち上がった。両手をばたつかせてその場で足踏みする。

なぜか隣で蒼仁までもが青金人の彼らと一緒に璃璃へ頭を下げており、ますますうろたえてしまった。

「姫さま、ありがとうございます」

「やだやめて、本当にわたし、お礼とか、そんなつもりじゃなくて」

ようやく顔を上げてくれた蒼仁は、いたずらめかして右目をつむる。

「せっかくの申し出を受けませんか？　今しばらく、青金地区に身をひそめましょう」

「そう、ね……、許されるのなら、いいかもしれない」

場が明るく沸く。手を叩いたり、笑み崩れたり、心から喜んでくれている反応を皆がするから、璃璃の胸はぎゅんと熱くなった。

「熱……、え、これって……？」

胸もとへ当てた手は、比喩《ひゆ》ではなくて本当に熱い。気づいたと同時、胸の金の印がぱあっと光った。布地を透けてわかるくらい強い光に、思わず目をしばたたく。

「姫さま!?」

異変に気づいたのは蒼仁だけではなかった。皆の瞳がみるみる丸く開いていく。まるで海から珍獣が顔を出したのを目撃したようなまなざしが璃璃を貫く。

「なに……これ、金色の光が……どんどんあふれてくる」

胸もとを覗き込もうとうつむいたとき、後ろで束ねていた髪がほどけてさらりと視界へ落ちてきた。

豊かな稲穂のごとく金色に輝く髪が、腰まで届くほど長く垂れる。

「へあ!?」

あまりの驚きに、妙な叫びを上げてしまう。

肩より少し長い程度で黒く染めていたはずの髪は、輝くばかりの金髪へ戻り、その上長さが信じられないくらい伸びていた。

「な、にが起こったの……？」

頭に手を当ててぐしゃぐしゃと髪を揉《も》む。蒼仁は唇を引きつらせながら新たな指摘をしてきた。

「髪だけではありません。顔つきやお身体も、ご成長されたように見受けられます」

「どういう意味!?」

胸倉を摑む勢いで蒼仁の顔を覗き込む。

彼の瞳には璃璃が映っていた。それが、鏡で見慣れた実年齢より幼い姿とは異なっているのに気づく。

輝く金の髪に縁どられた輪郭《りんかく》は、ぷっくりと膨らむ子供らしい頰ではなくすっきりとした瓜実型《うりざね》。あどけなかった黒目がちの瞳は優美さを増し、金色の長いまつげが影を落とした様はどこか憂いを帯びて見える。さらにはすっと通った鼻筋と可憐《かれん》さを失わない桜色の唇が、なんともいえない妖艶《ようえん》さを添えていた。

そこにいるのは年齢よりも幼くかわいらしい『金の姫さま』ではなく、大人びた美女だった。

「なんで……」

「とりあえず離れてください、それで、ちょっと服を」

蒼仁はあからさまに顔を背け、璃璃の肩を押してくる。

「服？　あっ」

身体の成長に伴って、胸の合わせがぱつんと開いて豊かな谷間があらわになっていた。

とんでもない醜態《しゅうたい》をさらしていた羞恥《しゅうち》よりも、目をみはる成長ぶりへの狼狽のほうが大きい。加えて、さらに驚くべき発見をした。

「印が……二つに増えているわ！　青い光まで」

金の印と同じく青い猪の目型の宝玉が、半円を描くような位置に浮かび上がっていたのだった。

前方から咳払いがする。族長が密やかに告げてきた。

「どうにもあなたは青金神将の加護を授かったらしい。我々の想いを受けて、土地神から水属性を与えられたのでしょう」

「そんなことがあるのですか？」

「姫は後天的に金の力を授かった。ならば、水の力も同様だったのかと」

（ということは……双属性になったの？）

翠璋は一つの印で二色を併せ持つ双属性だった。だが、璃璃は金色と青色の二つの宝玉を身体へ宿したようだ。

信じられない思いと物珍しさで、しげしげと眺める。新たに宿った青い光は繊細で優しく、慈愛に満ちた恵みの雨のごとき色をしていた。

「なんという奇跡だ」

「姫さまの存在を、神将さまがお認めになったのだ」

人々はまばゆいものを見る目をして、再び頭を低くする。

(この地を守る青金神将は、人々を癒す力を持っていたというわ)

土地神は、これからも璃璃へこの地に住まう民を救ってほしいと願ったのだろうか。だとしたら、託された大切な地をますます潤いで満たさなければ。

感慨にふけっていると、再び族長の咳払いが落ちる。顔を上げれば、どこかばつの悪そうな面持ちをしていた。

「我ら老人はともかく、若い息子には刺激が強いようです。いったん着替えてはどうでしょうか」

一人の年配女性が気を利かせて立ち上がる。

「どうぞわたしの家へ。娘がおりますから、適当なものをお譲りしましょう」

「え、その……」

わけがわからないまま促されて一歩踏み出ると、くるぶしまで覆っていたはずの下袴《かこ》が膝を隠す程度の短さだと気づく。一寸どころではなく、身長がずいぶんと伸びたらしい。

たしかにこのままの格好では恥ずかしいしみっともない。

「お言葉に甘えたほうがいいと思います」

相変わらず視線を泳がせたままの蒼仁も後押ししてくる。

「姫さま、こちらへ」

外へ出ると、熟した太陽が空をまぶしく輝かせていた。青にも金にも見える豪奢《ごうしゃ》な天蓋《てんがい》は、まるで新王の誕生を祝うように璃璃を包んでくれた。

❖第三章　水の恋慕　火の試練

その後も璃璃《りり》と蒼仁《そうじん》は人々の期待に応《こた》え、町を巡って金《きん》や水《すい》の力を発揮した。

「姫さまはずっとこの町にいてくださるのですか？」

「族長さまは立派なご子息を持たれた」

優しくあたたかで穏やかな日々が続く。

ほんの三カ月ぐらい前の騒動が嘘《うそ》みたいだった。

しかし、残酷な現実は消えてなくなったわけではない。審判の日は突然やってきた。

翌日の恵みの雨を期待させる夕霧がしめやかに立ち込める町へ、騒がしい訪問者が姿を見せる。

くたびれた官服をまとった十人の男性に囲まれ、一人だけ脚《あし》の長い馬に乗って町の門をくぐったのは、中央政府から派遣されたこの町の統治責任者である州牧《しゅうぼく》だった。

中肉中背の冴えない顔は五日間の旅で無精ひげに覆《おお》われ、細い目には狡猾《こうかつ》さが宿る。

昨年の秋以降ずっと不在だったのに前触れなくやってきたので、町は上を下への大騒ぎとなった。

庁舎に到着した州牧は、定期的な手入れがまったくなされていない建物の荒れ放題ぶりを見て、顔を真っ赤にした。

「なぜこのような状態に？　族長はどこだ！　わしを迎えに来ぬとはどういう了見だ。すぐに来させろ」

男性にしては高めの声で叫ぶ。

遠巻きに見物に来た人々の目は冷ややかだ。

「年に一度しか来ないくせに」

「床へ臥《ふ》しがちな清我《せいが》さまを呼びつけるなんて……」

だが、無視をするわけにもいかない。

知らせを受けた族長は床から起き上がり、衣服を整えた。

「父上、無茶です。代わりの人にお願いできないのですか？」

起き上がれる日は二日に一度ほど。歩くのは誰かに付き添われて庭へ降りるくらいで、外出などもってのほかだった。

しかし、族長は目もとの皺《しわ》をいっそう深くして言う。

「問題ない。二人のおかげで前よりも具合がよいのだ。それより、お前は姫を連れて隠れなさい」

「ですが……」

「滅多にこの町へ来たがらぬやつがわざわざ自《みずか》ら来たのだ。おそらく王都から金の姫の偽《にせ》者《もの》を捕らえよと厳命でも受けたのに違いない」

押し問答を続けているあいだに、外が騒々しくなる。

「痺《しび》れを切らして来たようだ。隠れろ」

強く促《うなが》されて裏庭へ出る。しかし、庭は館を取り囲んで四角くつながっているため、正面から回り込まれる可能性があった。

「中にいたほうが安全です」

もう一度廊下へ上がり、居間の隣の納戸《なんど》へ隠れ直す。と同時、部屋へ複数の乱暴な足音が踏み入った。

「反逆者を匿《かくま》っているというのは、まことか！」

挨拶《あいさつ》もなしに、高めの怒鳴り声が響き渡った。

びくりと肩をはねあげる璃璃に、蒼仁が背後からなだめるような囁《ささや》きを落とした。

「お静かに」

薄い木の壁一枚を隔てた向こうから、静かな族長の声と興奮した州牧の対比的な声が聞こえてくる。

『ご無沙汰《ぶさた》しております。ありがたくも、今夏懸念されていた日照りがようやく解消されてきましたな』

『悠長な挨拶などいらぬ！　娘を出せ』

『娘……、はて、わしには王都に捕らわれたままの息子しかおりませぬが』

『その息子が連れてきた娘がいるだろう！　それが金の姫を騙る賊《ぞく》なのだ』

『息子が賊を連れて？　意味がわかりません。王が目まぐるしく代替わりして、息子は人質の任を解かれたのですか？　まもなく帰ってくると？』

『……埒《らち》が明かぬ！　もうよい、館中を検《あらた》めさせてもらうぞ』

まずいですね、と小声で蒼仁が言う。

狭い納戸の中にあるのは小さな折りたたみ式の卓子《たくし》と籐椅子《とういす》が二つ、それから埃《ほこり》をかぶった行李《こうり》が三つ重ねて置かれているだけだった。

少し前までの小柄な璃璃であれば中に身をひそめるくらいはできたかもしれないが、歳《とし》相応の大人びた体型に変化したためかなわない。ましてや蒼仁が隠れるのは絶対に無理だった。

「もしものときは仕方がありません」

蒼仁は携帯していた小刀を構えた。

すると、緊迫した気配に怯《おび》えたコハクが璃璃の胸の中で小さく唸《うな》る。

『なにか音がしたぞ』

すかさず、隣の部屋で誰かが声を上げた。

『ここは年寄りの集会場所です。当然物音も立つでしょう』

落ち着き払った族長の声がするが、相手は興奮を深める。

『そこをどけ』

『勝手をされては困ります』

壁の向こうでは刃物をかざした音がする。どうやら抵抗を見せた族長に、誰かが剣を抜いたらしかった。

「蒼仁……」

「しいっ」

たしなめられて、璃璃はコハクをぎゅっと抱きしめる。

『邪魔立てするとは、隠しているも同然だぞ。お前たち、探せ』

手下の官吏《かんり》たちに命じて家探しをしようとするのを、族長の怒号が止める。

『わしは許可しておらぬ！』

かつての王がもつ威厳と迫力に、官吏たちは足を止めた。思わず気圧《けお》された州牧は、はっと我に返ったのち、声をいっそう甲高《かんだか》くして屈辱《くつじょく》の色を濃く示す。

『たかだか属国の族長が、偉そうにするな！』

風を切る音——そして、くぐもった斬撃音が響く。

『ぐ、あ……』

『きゃああっ！』

族長の呻《うめ》き声と女性の叫び声、動揺した周囲の喧騒《けんそう》、さらに足音が地響きのごとく重なり鳴る。

「蒼仁っ」

最悪の事態が予想される。

なるべく思い出さないようにしていた兄の死にざまが、まなうらに浮かんだ。

駆けつけなければ、そう思うのに、足がすくんで動かない。蒼仁の袖《そで》に取りすがった。

彼もまた焦燥に駆られた表情で、指先を震わせている。

「今出ていってはなりません」

だが、向こうの部屋では居合わせた老人たちが悲痛な叫びを上げている。

『清我さま！』
『そ、そいつが勝手に飛び出してきたのだ！』
甲高い声が慌《あわ》てた様子で弁解する。
騒ぎを聞きつけた人が次から次へと館へ押しかけてきて、口々に州牧を責め立てた。
『我らが王を……！　なんて暴挙だ』
『中央の役人ふぜいが許されないぞ！』
『同じ目に遭わせてやる』
民衆の怨嗟《えんさ》の勢いに、州牧は情けない声を上げる。
『いったん出直すぞっ』
そして、あっけないほど素早く役人たちは出ていった。
腕からコハクがすり抜け、廊下へ走る。追って、璃璃たちも騒ぎのもとへ駆けつけた。
「しっかりなさってください」
「止血を！」
慌てふためく人々の輪の中で、族長は背を丸めて赤子を抱くようにうずくまっている。
「父上っ」
息子の声に顔を上げたが、その顎《あご》には自らの血しぶきがべっとりとついていた。

「すぐに……出ていき、なさい……、やつらは、……戻ってくる」

息も絶え絶えの訴えに、蒼仁は激しく首を振った。

「いいえ、ここにいます。手当てを」

璃璃も身を乗り出し、手のひらを族長へあてがった。

「治療します。青金神将《せいきんしんしょう》の力を使えば、きっと」

青い光があふれ、族長の胸もとへ注がれる。だが、彼は大きく咳《せ》き込んだ。口からは血の塊《かたまり》がこぼれ出る。

「もういい、無駄だ。わしの命は……もともと、長くない、それより……」

がくがくと震える手を伸ばし、息子の袖を摑《つか》む。

「逃げろ、早く……大切な姫を、守るのだろう? 最後まで……守り切れ、わしには……できなかった」

「父上……」

「遺言だ、息子よ」

今生《こんじょう》の別れを告げる父親に、蒼仁は紙のごとく顔を白くして首を振る。隣で璃璃も唇を強く嚙《か》みしめた。

(わたしのせいだわ)

璃璃がこの町へやってこなければ、悲劇は起きなかった。

（なにが役に立ちたいよ……！）

手に入れたばかりの金属性の力を発揮できるのが楽しくて、さらには人々を救えるのだと思ったら嬉《うれ》しかった。

勘違いしていた。

優しい人々が受け入れてくれたから、ここにいてもいいような気がしていた。そんな場合ではなかったのに。

「清我さまっ、姫と蒼仁さまは我らがお守りいたします！」

老人の一人が涙まじりに叫んだ。

昂《たかぶ》った彼らは、口々に語る。

「もうあいつらの好きにはさせません！」

「長年耐えに耐えた恨《うら》みつらみを晴らすときが来たのです」

「王都で政変が起きたのならば好都合！　我らも立ち上がりましょう！」

「……ああ、みな、ありが、と……う……、わし、は……よき民を……」

弱々しい声がいっそうかすれて――儚《はかな》くなる。

しんと静寂が落ちた。

刹那《せつな》、誰もが吠えるように泣きはじめる。

（ごめんなさい、ごめんなさい、ごめんなさい）

何度謝っても足りない。けれども、ここで口にすれば、優しい彼らは璃璃のせいではないと言ってくれるだろう。

許しを請うのは甘えだ。

「今日中に、出ていかなきゃ」

「姫さま!?」

「州牧はわたしがここにいるのを確信しているみたいだった。きっと、確実な筋から情報を手に入れたのよ。翠璋《すいしょう》は必ず息の根を止めようとしてくるわ。下手したら兵を差し向けてくるかも。抵抗すれば、戦《いくさ》になる」

精一杯の想いを込めて、璃璃は床に手をついて頭を下げる。

「こんなわたしを受け入れてくださってありがとうございました。恩をあだで返す形となってしまうのが心苦しいです」

「いけません！　自ら捕まりに行くおつもりですか？」

「いいえ」

顔を上げた璃璃は、まなじりを決して周囲を見渡す。

こめかみで血が脈打つのを感じる。底知れぬ怒りが言葉となってこぼれた。

「戦います。あの人の思い通りにはさせない」

「――」

重い決意を肌で感じた人々は言葉を失い、静まり返った。

「こんな状況で本当に申し訳ないけれど、蒼仁はついてきてくれる?」

「もちろんです。父もそれを望んでいました」

「すべて終わらせたら、もう一度帰ってきてちゃんとご挨拶します」

亡骸《なきがら》の手をぎゅっと握って、つかの間の別れを告げる。命が消えたばかりの細い手は、まだほんのりとあたたかかった。


宵闇《よいやみ》に紛れて、璃璃と蒼仁は町を出た。

族長の愛馬だったという老馬を一頭と道中の旅費となる軟玉をいくつか譲り受け、餞別《せんべつ》にと人々が持ち寄ってくれた数日分の食料を携《たずさ》えて東へ向かう。

とはいっても、進むのは来たときとは違う南へ迂回《うかい》する路《みち》だ。

目的地は、祖国を越えてさらに東の石榴国《ざくろこく》。

王配として金襴国《きんらんこく》を牛耳《ぎゅうじ》る翠璋に対抗するには、第三勢力の助力が不可欠と考えての決断だ。

「敵国に助けを求めるのは、簡単ではないと思いますが……」

頭に布を巻いて旅の商人を装った蒼仁がぽつりとこぼす。

「いいの。昨日の友は今日の敵というけれど、その反対だってあるわよ」

璃璃もまた商人の妻を装っている。青金地区への往路で世話になった夫婦をなんとなく真似てみた。

あのときは見た目の年齢差に恋人役すら務められなかったが、成長した姿となった今では一番違和感がない。ちなみに金色へ戻った髪は黒く染め直して小さな団子にまとめている。

石榴国は火《か》属性の石榴神将の加護を受けた国で、国土は森林が多く水源も豊かで文化水準も高い国だ。また、火属性が強いためか血気盛んで好戦的な人物が多い。過去には北の国境で接する緑柱国《りょくちゅうこく》と資源を巡って頻繁《ひんぱん》に争いを起こしており、緑柱国が滅んでからはその矛《ほこ》先は金襴国へ向いた。

とはいえ、当初は小競り合い程度の諍《いさか》いだった。石榴国がけしかけてくる場合もあったし、金襴国側が攻め入る場合もあり、数カ月程度で決着がついて矛を収めてきた。

それが五年前、血赤《けつせき》の病が蔓延《まんえん》しはじめて一変する。

璃璃の父、金襴王が本格的な戦をしかけたのだ。

父の大義名分は、創世神話に倣《なら》った二つの禍《わざわい》を取りのぞき、全土を平《たい》らかにするため。緑柱国の『悪意』を消滅させ、青金国《せいきんこく》の『飢饉《ききん》』を解決した自負と共に、最後の仕上げに石榴国の『疫病《えきびょう》』を潰《つぶ》そうと本気で考えていた。

しかし石榴国側からすれば、国力が弱った隙《すき》を狙った侵略にほかならなかった。抵抗は激しく、膠着《こうちゃく》状態が長らく続く。

三年前、石榴国では王の代替わりがあった。そして弱冠二十歳《はたち》の若き王、炎羅《えんら》が立った。

炎羅は強い火属性の性質そのものを具現化したような存在だった。強烈な統治力と人を惹《ひ》きつける天賦《てんぷ》の才があり、彼が前線に立つと戦況は金襴国が圧倒的に不利となった。

そこで父は親征を決意した。城を空け、一年の大半を戦線で過ごし、人生のすべてを戦へ投じてのめり込んでいった。

きっとその頃には、当初の理想や夢が曖昧《あいまい》になっていたのに違いない。

結果、最前線の陣中で疫病に罹《かか》ってしまった。父は王城で一年弱養生するも帰らぬ人となった。

父が戦線を退《しりぞ》いてからは、戦は一時休戦となっている。

石榴国側も戦で圧していたとはいえ、蔓延する疫病の影響で国力はかなり弱まっていたのだった。

(しばらく争いは避けたいはず)

国を簒奪《さんだつ》するような欲深い翠璋が、石榴国と和平を結んで仲良くするとは思えない。今は王都が政権交代で混乱しているが、それが収まれば再び石榴国との抗争をはじめるだろう。大きな理想を掲げていた父とは違い、翠璋の場合は私利私欲に走った戦となる。

石榴国との交渉では、そこが大きな鍵だ。

——軟玉を物資と換えながら小さな町をいくつか過ぎ、砂漠地帯を越えると、次は荒野が続いた。

金爛国と青金地区間の交易は盛んとは言えないものの過去に整備された路がまだ生きていたが、そこを外れて南側を進むと道なき道が多かった。

ようやく見つけた道中の村はさびれてほとんど人が暮らしておらず、宿すらない集落が多く、物資の調達は困難を極めた。

「この辺りは昔、琥珀国《こはくこく》があった場所ですね」

神王《しんおう》と神将から継いだ古代の五つの国の中で、最も早くに消えてなくなった国だ。

「地震が多くて、夏は大雨と台風、冬は大雪と雪崩《なだれ》に見舞われる土地柄、亡くなる人や移住する人が後を絶たなくて、どんどん人口が減っていったらしいわ」

そのうち国としての形を維持できなくなり、金襴国に吸収された。

以来ますます中央への移住者が増え、歯止めがかからなくなったとか。今では古代王国の遺跡のごとく廃墟となった建物ばかりとなっている。

「琥珀神将の加護はどこへ行ってしまったのかしら」

青金地区も水の加護を失って乾き切っていた。父が固執した三つの禍のせいなのか、世界のあちこちで属性の均衡が崩れている。

翠璋に簒奪された王都に跋扈《ばっこ》する禍は『悪意』だ。

このまま放置すれば、いずれ金襴国も衰退《すいたい》し、かつての琥珀国と同じ末路をたどるのかもしれない。

「琥珀神将、か」

「ニャア」

「コハク。ふふ、違うのよ、独り言」

名を呼ばれたと思って利口に返事をする飼い猫の頭を撫《な》で、璃璃は前を向く。

今は哀愁《あいしゅう》に囚《とら》われている場合ではない。

石榴国へは、あと十日ばかりだった。

荒野を過ぎると、森に入った。

すると、季節の変化を如実に感じる。

乾燥していた空気は湿り気を帯び、空と大地しかなかった広い空間では、そこかしこから生き物の呼吸が感じられた。

小道を埋め尽くす緑の苔《こけ》に馬蹄《ばてい》形の足跡を刻むたび、秋が深まっていく。木々の緑は祭りの日のごとく衣を赤や黄色に着替え、冬支度を急ぐ鳥たちは賑《にぎ》やかに鳴きながら木立の合間を縫って飛び回る。

一つの丘と二本の小川を越えた辺りから、人の姿をよく見かけるようになった。どうやらこの辺りには明確な国境がなく、いつの間にか石榴国へ入ったらしい。

寒さはそれほどではないのに、道行く人々は男女の別なく襟巻をして、口もとまで覆っている。

「病の予防でしょうか。我々も倣いましょう」

蒼仁に促されて、璃璃も頭巾《ずきん》の結び目を変えて顔を円形に覆った。正体を隠して旅する身からすれば、むしろ歓迎できる装いだ。

青金地区から持ち出した軟玉は、石榴国では信じられないほど高値で売れた。おかげで王都に入る直前、旅装から小綺麗《こぎれい》な服に着替えられた。

琉璃は真紅の対襟《ついきん》の着物に揃《そろ》いの裙《くん》をつけ、その上から桜色の袖なし膝《ひざ》下丈の背子《ベイズ》を着つけた。髪は宿で湯をたっぷり使って金色へ戻し、耳にかかる程度の細い三つ編みを二本垂らしてあとは背へ流す。

金襴国の王城では、短衫《たんさん》に胸まで引き上げる裙をつけた姿ばかりをしていたし、服の色も大きさも丈も子供らしいものばかりだった。こうして大人びた格好をするのは初めてだ。

支度を終えて蒼仁へお披露目する。

蒼仁もまた、糊《のり》のきいた丸襟の缺胯袍《けつこほう》に黒い頭巾をかぶっていて、涼やかな面貌《めんぼう》は常以上に整って見える。

石榴国の都へは亡命してきた金の姫と従者として入り、すぐに石榴王へ謁見《えつけん》を求めるつもりなので、体裁を整える必要があったのだ。みすぼらしい容貌では信じてもらえず門前払いされるだろう。

「どうかしら？」

優秀な従者である彼は、いつだって琉璃が新しい着物を身にまとえば開口一番に褒めてくれた。

『お似合いです』

『花のようです』

『これは姫さまのために作られた衣装ですね』と。

今回もまた聞きなれた世辞が飛び出すのだろう。きっと参考にはならない。

しかし、彼は呆《ほう》けたように固まり、唇を動かさなかった。

「え……もしかして、変？」

「あっいえ、違います！　似合います、似合います」

永い眠りから覚めたみたいな顔をして、彼は早口で告げてくる。

「言い方。本当かしら？」

「嘘なんてつきません。たいへんお綺麗です。ただ、ご成長著《いちじる》しいお姿を見て、妙な心地に苛《さいな》まれました……」

気まずげに視線を泳がせながら言ってくるから、璃璃まで背中がむずがゆい気がしてきた。

「妙な心地ってなに？」

「寂しいような、もったいないような……、幼くかわいらしい金の姫さまがいなくなってしまったようで」

「わたしはいるわよ、ここに」

「そうですね。いてください、ずっと俺の前に」

蒼仁の声がかすかに震える。

目の前で父親を失った悲しみを思い出したのかもしれない。

（お父さまとお兄さまが亡くなった日、傍《そば》にいて励ましてくれたのは蒼仁だけだった）

だから、今度は璃璃が彼を支える番だ。

背が伸びて少しだけ近づいた目線を、背伸びしてもっと詰める。黒い瞳をまっすぐに見つめて約束した。

「わたしは死なないわ。だから、最後まで一緒にいてね」


石榴国の王都は海に面していた。

小高い丘の上にある王城は、海が見える南側に大きな窓がたくさんつくられ、照り返しで床まで青く輝いている。

今璃璃は、その広大な自然が織りなすまばゆい壁掛けを正面にして、一段高い位置に据《す》えられた玉座にいる石榴王、炎羅と向き合っている。

かろうじて拘束《こうそく》されてはいないが、左右を屈強な衛兵に挟まれ、背後にも逃亡を防止するためか五名の兵が並んでいる。

蒼仁は手持ちの武器を取り上げられた上で、コハクと共に謁見室の外で待たされていた。

つまり、璃璃はたった一人で交渉にあたらなければならなかった。

「城門で騒ぎを起こしたらしいな」

王は明朗な声を発し、挑発的なまなざしを送ってきた。

受けて立つとばかり、璃璃はそれを強く見返す。

濃い茶色をした髪は短めで毛先が柔らかく広がり、小さな金冠をのせている。肌は健康的な色に日焼けしていて、凛々《りり》しい眉の下には鋭い切れ長の瞳が漆黒《しっこく》に光り、整った鼻筋と野性味を帯びた唇が印象的な容貌だ。蒼仁とはまた違う種の堂々とした美男子である。

「お騒がせして申し訳ございません。正直に名乗ったのですが、偽者と勘違いされてしまいました」

ひょうひょうと言ってのけるが、すべて計算通りだった。

さすがに璃璃でも、いきなり城へ押し掛けたところで王への目通りは叶わないと知っていた。だから、城門の衛兵に向かって最初から声高に名乗りを上げた。

当然、変なことを言う娘だと相手にされなかった。そこで、璃璃と蒼仁はなにがなんでも門内へ入れてくれとごねにごねて、不法侵入を計ろうと装い、わざと捕らわれたのだった。

衛兵は璃璃が本物だとはまったく信じてはいないものの、王への報告はする。その際、王が興味を持ってくれるのではないかと賭けていたのだ。

石榴王、炎羅は豪胆で血気盛んな若者だ。即位してまもなく戦の前線へ自ら立ち、膠着状態だった戦況を自国の有利へ導いた。

行動力と鋭い観察眼を持ち合わせる彼ならば、金の姫を名乗る娘を直接見たいと望むに違いない。

その予想は的中し、今に至る。

「お前は『金の姫』と言ったが、数カ月前に死んだはずでは？」

「それは嘘です。わたしは婚約者に襲われ、亡命しました。現在王配を名乗り、国を専横している翠璋という男です」

「待てよ、金の姫の偽者が現れているとかいう噂《うわさ》もあったな」

「おそらく本物のわたしを捕まえるために流したのでしょう」

「口ではなんとでも言える。お前が本物だという証拠はあるのか」

「翠璋は偽者を必ず捕らえよと通達を出したそうですね。なぜ執着すると思いますか？政変で中央が混乱しているときに、わざわざ人手を割く意味を考えてみてください。本物のわたしがいつどこで決起するか、警戒しているからです」

よどみなく言い切れば、炎羅はかすかに目をみはった。口もとがゆっくりと弧《こ》を描く。

「なるほどな。しかし、残念ながら俺は金の姫本人と面識がある。彼女はたしかにお前と似た珍しい髪色をしてはいたが、年齢が全然違う。もっと幼く小柄な姫だった。黒目がちの瞳はこぼれんばかりに大きくて快活に輝き、桜色の唇は人形のように小さく、身体《からだ》は柳の小枝を束ねたように細く子供じみていた。だがお前はどうだ？　誰もが振り返る華やかな顔立ちに意志の強そうな大きい目、つつましやかな服に包まれた身体は調和のとれたあでやかさを隠しきれず、男を惑わす魅力さえ放っている。明らかに別人ではないか」

今度は璃璃が驚きのあまり目を丸くする番だった。

当然ながら、敵国の王と璃璃が顔を合わせたことなど一度もない。

王城の中は自由に歩き回っていたから、城の外へも見た目に関する噂くらいは流れていたかもしれない。だが、それにしても炎羅はまるで自分の目で見たことがあるかのごとく詳細に璃璃のかつての容貌を語った。

本人か試すためにかまをかけているのだろうか。

「なぜ……？　お会いしたことは絶対にありません。ですが、あなたはわたしをよくご存じのようです」

「絶対にだと？」

「ええ、絶対にです。わたしは王城を出たことがありません。常に戦場にいたあなたも敵国の城へおいでになったことはないでしょう」

「俺はなにもずっと国境にいたわけじゃない。それにここ一年は休戦していただろう?」

(まさか停戦中、密偵よろしく王城へ潜入していたとか?)

王自らそんな大それた真似をするとは、さすがに思えない。眉根をぎゅっと寄せて考え込んでいると、炎羅は重ねて問いかけてくる。

「本当にお前は一度も王城の外へ出たことがないのか?」

「もちろんです……?」

ふと記憶がよみがえる。

完全にないわけではなかった。

隔離の宮の庭にある、蒼仁と二人だけが知っている秘密の小さな抜け穴から、こっそりと外へ出たことが数回あるのだった。

「まさか、そのときに?」

「思い当たるか」

「……お恥ずかしながら、可能性はなきにしもあらずと……。ですが、だからといってそんな偶然にあなたと出会うはずが」

王城の周辺を密偵がうろついているのならばまだわかる。しかし、やはり炎羅自らそこにいたなどありえない。

「城の外へ出たといっても、ちょっとした子供の冒険といいますか、周辺をぐるりと散歩したくらいなのです。そのとき陛下にお会いしたとするなら、陛下は我が国の王都にいらしたとおっしゃるのですか？」

「ああそうだ。俺は行動派でな。何事も自らこの目で見ないと気が済まない」

「そんな、いくらなんでも信じられません……」

「ならばお前はなんだ？　金の姫だと名乗りながら、敵国の王城で俺と向かい合っているだろうが」

（たしかに……）

説得力がありすぎて、うなずかされてしまう。会話を交わした覚えはないが、本当に炎羅は璃璃の姿を見かけていたらしい。

ならば、あともう一押しでこちらも論破できる気がした。

「わたしは今年十六歳になりました。道中で成長し、かなり背が伸びました。以前と違うとおっしゃいましたが、成長期の娘にはよくあることです。ですが、わたしと一緒にいた蒼仁の顔は覚えていらっしゃいませんか？　彼の見目はほとんど変わっていません。観察眼の鋭い陛下ならば、すでにお気づきなのではないでしょうか？」

二人の視線が交差する。

眼光鋭く見つめられると、胃がきゅっと縮む心地がする。それでも負けじと目頭《めがしら》に力をこめた。

腹の探り合いをする間がしばし。

「猫もいました。同じ猫です。琥珀色の瞳が特徴的で、白い身体に桜の花びらの形をした黒い模様があります」

駄目押しのごとくつけ加えると、とうとう炎羅の緊張がほどけた。まなじりをほんのりと下げ、口角を緩める。

「生意気な顔して強気な発言をする。俺好みなのは従順でたおやかな美女なんだが」

憎まれ口ながら、璃璃の正体を受け入れてくれた様子が垣間《かいま》見える。

こっそりと拳《こぶし》を握ると立ち上がり、さっそく交渉ごとを切り出した。

「改めまして、先代金襴国王の娘、璃璃でございます。このたびは突然の訪問で失礼いたしました。我が国の政変につきまして助力を願いたく参上しました」

「ふうん、政変」

「はい。父が病で没し、その翌日兄が暗殺されました。犯人はわたしの婚約者であった翠璋です。彼はわたしから玉璽《ぎょくじ》を奪い、まだ正式な婚姻《こんいん》前だったにもかかわらず勝手に王配を名乗り、王城を牛耳っております」

「そんな醜聞《しゅうぶん》は知らない」

「陛下の耳にはどのように入っていますか？　わたしはしばらく西へ潜伏しておりましたので、王都の情報に詳しくありません」

「王と王太子、姫が相次いで死んだと。城内で同じ病が流行し、かなりの人数が一度に死んだとも聞いたな」

「それは……本当ですか？」

「さあな。そういう報告を受けているだけだ」

実際は兄も璃璃も病に罹《かか》ってない。それなのに、ほかにも大勢が一緒に亡くなったとされるのはなぜだろう。

あの日、璃璃は兄の死の真相を知りたくて執務室を探っていた。そこへ翠璋がやってきて、兄殺しの罪を璃璃になすりつけた。複数の兵士に璃璃を追わせせようとした。

（待って、変よ）

璃璃は死んだことになっているのだ。兄を殺したという冤罪《えんざい》設定はどこへ消えてしまったのか。

「なにを考えている？」

「いえ、実は……わたしは城を逃げる前、婚約者から兄殺しの罪を着せられて追われたはずなのです。けれども、そういった話はほかでも聞きませんでした。翌朝には町にわたしが死んだとの報が流れ、翠璋へ円満にあとを引き継いだふうになっていて、そこが不思議で」

するると、炎羅はさらりと言ってのける。

「なにも不思議はない。円満な禅譲《ぜんじょう》のほうが都合がいいと判断したんだろう。事情を知っているやつはすべて消したってわけだ。なるほど、だから病で一度に複数死んだという話になっていたのか」

「な……」

だとすると、翠璋と一緒に執務室へ踏み込んできた武官たちはすでにこの世にいないということになる。

ほかにも、蒼仁と璃璃が逃げる場面を目撃した者は複数いた。彼らはすべて翠璋に殺されてしまったのかもしれない。身勝手な都合で。

（なんてひどいの。許せない）

親身に世話を焼いてくれた女官たちはどうなっただろう。毎朝挨拶を交わしてくれた武官や文官の皆は。

まなうらが怒りと不安で真っ赤に染まる。

「面白いじゃないか。もっとやればいい。俺は敵国が荒れに荒れ、内部から崩壊していくのを高みの見物させてもらうさ」

他人事《ひとごと》だと突き放す炎羅の発言に、璃璃は少しかちんときた。腹を立てている場合ではないのに、つい言い返してしまう。

「面白がっている場合ではありませんよ。明日は我が身と思わないのですか?」

「なに」

「翠璋が勝手に自滅してくれるとお思いですか? 政変が起きてからすでに五カ月。混乱はまもなく収まるでしょう。彼は動きはじめます。欲深いので、金欄国を手に入れるだけでは飽き足らず、豊かな領土を持つ石榴国もほしいと戦を再開するでしょう。それでもよろしいのですか?」

挑発的な璃璃の言葉を受けて、炎羅の瞳に火が灯《とも》る。

「受けて立とう。戦相手が交代するだけで、今までとなにも変わらない」

「いいえ、違います。父はあれでも、理想があったのです。単なる私利私欲で戦を起こしたわけではなかった。ですが翠璋は卑劣な男。自らの欲望を満たすためにどんな卑怯《ひきょう》な手でも使います。父のように正面から挑む戦とはまったく変わります」

「戦は戦だ」

「陛下は戦がお好きなのですか？」

「馬鹿《ばか》を言うな」

「……長らく民を苦しめている疫病は、いまだに収まる気配がなさそうですね」

ぴりっと空気が張り詰める。炎羅だけではなく璃璃の両側と背後に控える兵たちも黙ってはいられない話題だったようだ。

「なにが言いたい」

「戦はいっそう人々を疲弊《ひへい》させます。終わらせませんか」

璃璃は一歩踏み出し、両手を広げて訴えた。

「父は他界しました。正統な跡継ぎだった兄は和平を望んでいて、わたしも同意見です。翠璋を倒して国を取り戻し、平和な世を築きます。だからどうか力をお貸しください。翠璋とは戦、わたしとは和平、どちらが陛下の利にかないますか？」

炎羅もまた、玉座から腰を上げた。長靴を踏み鳴らし、段を下りてこちらへやってくる。鍛え上げられた立派な体軀《たいく》は、近くで見るとさらに大きく見えた。正面に立ちはだかり、腰へ両手を当てて見下ろしてくる。

　獅子《しし》に捕らわれた子ウサギのような心地がして心臓が縮みあがりそうだったが、必死に堪《こら》えた。

「ふん、戦を終わらせると言いながら、結局は俺の武力が目当てか。矛盾《むじゅん》しているな」

「面目ございません。わたしに力がないせいです」

「素直に認めるか。まあ、簒奪者よりはましだな。俺は卑怯者が大嫌いなんだ」

「翠璋は大の卑怯者です。わたしたちの利害は一致しています」

「いいや、お前の利しかない。話を聞いてもらいたいのならば俺にも対価を差し出すべきだ」

（そのとおりだわ……）

　代わりに差し出せるものが璃璃にはない。

　翠璋から国を取り戻したあと領土の一部でも渡す約束をするべきだろうか。だが、この場で勝手には決められない。

　思い悩んでいると、炎羅はくるりと背を向ける。顎に手をやって考えてから、顔だけぱっと振り向いた。

「いいことを考えた。お前も言ったとおり、我が国は疫病の流行に長らく悩まされている。それを、お前がなんとかしろ」

「ええっ」

「それくらいしてもらわねば公平ではない」

(そんなこと、できる……？)

だが、できないと言えば交渉はここで終わりなのだ。

(ううん、できるできないじゃない。やるしかないわ)

まなじりを決して彼を見返す。

「わかりました。頑張ります」

前のめり気味な返事を聞いて、炎羅は口角をにいっと上げた。

「よし。お前たち、アレを連れてこい」

顎をしゃくって扉の向こうを示す。

(蒼仁かしら？)

頼りがいのある彼とやっと合流できると思ったら、緊張がふにゃりと緩んだ。

しかしながら、扉が開いた瞬間、緩みかけた璃璃の頬《ほお》はぴしっと固まる。

なんと現れた兵士の右手には、首根っこを摘《つま》まれたコハクがぶらさがっていたのだった。

「コハク!!　なにをするの、やめて」

「取って食いやしねえよ、こいつは人質ならぬ猫質《じち》だ」

炎羅は猫を受け取ると、右肩へ担いで柔らかな尻をぽんぽんと叩く。思いのほか優しげな手つきだ。安心はできないが。

「返してほしければ必死に務めを果たすんだな」

「お願いです、ひどいことはしないで」

「お前が変な動きをしなければな」

コハクまで質に取られてしまっては、いっそうあとに引けなくなった。


血赤の病に罹患《りかん》すると、高熱による脱水症状で起き上がれなくなり、身体には血豆に似た浮腫《ふしゅ》ができる。最初は指先や足にできたそれは徐々に領土を広げていき、胸まで達すれば半数が死に、顔へ出る頃には全員が死に至るとされている。

浮腫にふれると感染するため、病人は密室へ隔離されるのが常だった。

石榴国の王都では、これ以上病を広めないために患者用の隔離施設がつくられていた。町の南側の端、海に面した石造りの四角い牢屋《ろうや》のごとき建物だった。

璃璃と蒼仁は、そこへ押し込められた患者たちの様子を見るため、翌日から施設を訪れることになっていた……のだが。

「なぜこんな無茶な条件をのまれたのですか。病の解決など、その前に我々が罹患してしまいますよ」

昨夜から、蒼仁の小言が止まらない。

自分が謁見室から閉め出されているあいだに、璃璃が炎羅との交換条件を勝手に取り決めてきたのが気に入らないらしい。

「仕方ないじゃない。力になってもらいたいのだから、こっちもなにか差し出さないと」

「だからといって、疫病患者の世話だなんて。医学をかじったことのない姫さまにできるんですか？」

「お父さまのお見舞いは毎日欠かさず行っていたわ。だから、少しくらいわかるもの」

「見舞いと世話は違います。しかも世話どころか、事態の収束を図らねばならないのですよ？　どうされるのですか。具体的な案でも？」

「うう……」

畳みかけられると詰まってしまう。これではいつまでたっても平行線で、着地点が見えない。

（こうなったら奥の手よ）

『姫さまのわがまま』で押し切るしかない。

「もうあとには引けないんだから、黙ってついてきて」

「出ました、それ。強く出れば俺が折れると思っているんでしょう?」

「そうよ。コハクだって質に取られているんだからね。蒼仁も我慢して」

「猫はわりとどうでもいいですが」

「お願い!」

「……はあ、わかりました」

結局、先に肩を落としたのは蒼仁だった。璃璃はこっそりとほくそ笑む。

「深入りはしないでくださいよ。ご自分の身を守るのが最優先です。患者の浮腫には決してふれないように」

「わかっているわ」

まだ長々と注意事項を連ねている蒼仁を軽くあしらい、施設の前で待っていた別の人物へ挨拶をする。

「おはようございます。今日はよろしくお願いします」

彼は、炎羅に命じられた見張り役の兵士だ。

「……」

元気よく告げた璃璃の挨拶への反応はない。

その上表情も読めない。というのは――獅子をかたどった仮面をつけているからだ。

（ずいぶんと厳重だわ）

見張りの兵をつけると言った炎羅によれば、馴《な》れ合って璃璃たちへ有利な情報を渡したりせぬよう会話を禁じておくとのことだった。

顔まで隠すとは聞いていないが、徹底ぶりに舌を巻いてしまう。もしかしたら感染予防の意味合いもあるのかもしれない。

ようやく小言を全部言い終えた蒼仁は、ふと視線を南へ向ける。

「海……。磯《いそ》の香りが強いですね」

「近くで見るのは初めてだわ」

「あとで少し浜へ下りましょうか」

「いいかも。じゃあ、ますます気合いを入れて頑張らないとね」

作業用に準備した白い服を着た璃璃は襟巻を口もとまで引き上げ、髪を後ろで一つにくくった。いざ、施設へ足を踏み入れる。

蝶番《ちょうつがい》がさびついた重い扉を開くと、真四角に広い静寂の空間が広がっていた。

かすかに砂をかぶった石の床へ一人用の細長い布団が等間隔に並べられ、病人が寝かされている。それぞれの枕もとには小さな脚付きの台が据えられ、そこに水やら碗《わん》やらが置かれていた。

病人の数は少なくとも百人を超えていた。

(ずいぶんと静かだわ)

時折小さく寝返りを打つ音がする程度で、誰も声を発さない。薄布を頭まで引きかぶって顔すら見えない人もいた。白い蓑虫《みのむし》が整然と転がされているような有様に、ぞっと肌が粟《あわ》立った。

(閉塞感に押しつぶされそう。せめて風でも吹いていれば……)

「風、そうだわ。窓を開けましょう」

静かすぎる原因の一つは、室内の窓がすべてぴったりと閉ざされているせいだ。

布団と布団の細い隙間を縫って窓辺へ向かう。だが手を伸ばしたところ、鋭い女性の声が上がった。

「なにをするつもり?」

はっとして振り返ると、部屋の隅《すみ》に一人の女性が立っているのに気づいた。全身白ずくめの格好で頭巾を深くかぶり、目の周辺しか肌をさらしていない。

「あ……、こんにちは。気づかずにごめんなさい。あなたは看護の方ですか?」

「……」

聞こえなかったわけではないだろうに、女性は沈黙を返してきた。彼女の視線がつと部屋の反対側の角へ向けられる。

つられて見れば、そこにも同じ格好をした女性が立っていた。どうやら互いに部屋の隅から病人たちを見守っているようだ。

璃璃は改めてそちらの女性にも声をかける。

「こんにちは。陛下の命でしばらくお世話になります」

「……」

こちらの女性もまた返事をしない。炎羅がつけた見張りの兵と同様、璃璃と馴れ合ってはならないと厳命されているのかもしれない。

ならば仕方がない。独り言を覚悟で話す。

「窓を開けますね」

「やめて」

しかし、即座に返答が来たのでびっくりする。会話をしてはいけないわけではないらしい。

「たくさんは開けません。少し空気の入れ換えをしようと思って」

「だめよ。砂が入るわ」

（たしかにそうね）

閉め切っているのに、床はざらざらしている。出入り口を開けたり閉めたりするだけで、海辺の砂が入り込んでしまうらしかった。

かといって、四六時中換気をしないのは、病人にとってよくない。

「砂を防げそうな目の細かい布地を窓に張ったらどうかしら？」

蒼仁へ言ってみると、彼もうなずく。

「いいですね、あとで市場へ見に行ってみましょう」

「お金は足りそう？」

「まだ軟玉が少しだけあります。宿と食事を切り詰めればなんとか」

「宿はもういらないわ。ここに泊まるから」

「なにを言うんです！」

驚きの声は蒼仁だけではなく、女性二人からも上がった。

「だめよ、勝手に決めないで」

「妙なことされたら困るのよ。夜は閉め切らせてもらうから」

どうやら彼女らの仕事は日中のみで、夜は誰も看護人はいないらしい。

「もし夜中急に体調を崩す方が出たら、どうしているのですか？」

「……」

尋ねるが、またもや返事はない。

女性たちは二人とも顎をつんと上げて目をそらしている。自分に都合のいいときしか彼女らは口を開かないらしい。

(答えてくれないのは、わたしが信用できないから？)

青金地区でも最初はそうだった。

それでも、根気強く頑張り続けるうち、受け入れてもらえた。

(うん、大丈夫、諦《あきら》めない)

腐らず、明るく気を取り直す。

「日中はお二人だけで看《み》ているのですか？　たいへんですよね」

「……」

彼女らは相変わらず部屋の隅から動かない。一日中そうやって患者たちを見守っているのだろうか。

血赤の病はふれるとうつる上、治療法はない。だから、最低限の身の回りの世話しかできないというのもわかる。

患者たちも静かに寝ているのは、運命を受け入れて諦めきっているのかもしれない。

（なにか気晴らしができるといいのだけれど）

父が同じ病で一年弱養生していたとき、璃璃は毎朝新鮮な花を抱えて見舞っていた。元気な声で語りかけ、窓をめいっぱい開けて爽《さわ》やかな風を届けた。

「やっぱり早急に砂除《よ》けを買いに行きましょう」

「わかりました」

いったん施設をあとにして、璃璃たちは市場へ向かった。


ちょうどいい布地が買えた。ついでに、厚めの生地でできた天幕も手に入った。

「本気で野宿されるつもりですか？」

半信半疑で尋ねてくる蒼仁に、璃璃は笑顔で答える。

「旅のあいだは普通だったでしょう？　節約にもなるし、患者さんの様子も確認できるし一石二鳥だわ」

施設内には泊めてもらえないとのことだったが、隣接した浜辺に天幕を立ててそこに泊まろうという算段だ。ここなら異変を感じたとき窓から中を覗《のぞ》ける。

「患者と一緒に泊まるよりはましですが……」

「だったら大丈夫ね。あ、すみません、そこへ天幕を立てますから、少し離れてもらえますか?」

「……」

傍に立っていた見張りの兵士へ告げる。彼は相変わらず無言で市場へもついてきて、買い物のあいだも二人の後ろを離れなかった。

今も、なにも言わず静かにどいてくれる。

(問題があればさすがになにか言ってくるはずよね)

きっとその日のうちに炎羅へ報告が行くのだろう。璃璃たちの行動が目に余ると判断されれば、注意されるに違いない。それまでは好きにさせてもらおう。

夕方になって施設へ戻ると、夕食の準備がされているところだった。

食事関係はまた別の担当者がやってきて行うらしい。男女数名が盆を手に粥《かゆ》の入った碗を配ってまわり、先に出してあった朝食か昼食の碗を回収して外の台車へ積んでいた。

「わたしにも手伝わせてください」

朗《ほが》らかに言って彼らのもとへ向かう。

そこで出入り口から出てきた女性と鉢合わせた——と、彼女の盆を持った手が璃璃の頭上へ持ち上げられ……。

「あいたっ」

重ねた十数個の碗が降ってきた。額《ひたい》や頬を打って地面へ転がり落ち、どろりとしたものが肌を濡《ぬ》らす。

「姫さまっ、お怪我《けが》は!?」

「あ……うん、大丈夫よ」

駆けつける蒼仁の脇を、女性はさっとすり抜けて走っていってしまう。

「君! 今のはっ」

「待って、蒼仁。わたしが飛び出したからびっくりさせちゃったみたい」

(謝りもしないし、わざとだった気がするけれど……、初日からもめたくない)

追いかけていきそうな蒼仁を止めて、濡れた前髪をかきあげた。見事残飯をかぶった頭は重く、酸っぱさと甘さが入り混じった臭いがする。

「なにか拭くものを探してきます」

「全身流さないとだめそうだわ。ちょっとあそこで洗ってくる」

「え! 海で!? お待ちくださいっ」

驚きのあまり立ち尽くす蒼仁を残して、璃璃は走る。

夕陽《ゆうひ》を浴びた海面は、赤と金のまだら色に輝いていた。水平線には淡い霧がかかり、どこか幻想的な光景だ。東の空には目覚めたばかりの桃色の三日月が恥ずかしげにたたずんでいる。

布靴を脱ぎ去り、靴下代わりの布は巻いたままで浅瀬へ入った。冷たい水に、一瞬息が止まる。

波は璃璃を招くように割れて引く。また一歩踏み出すと、今度は歓迎されてわっと飛沫《しぶき》が押し寄せてきた。

（楽しい！）

胸の鼓動が一気に速まった。

川へ放たれた稚魚《ちぎょ》のごとく波間へ飛び込んでいく。

「姫さま!!」

「大丈夫よ、そこで見ていて」

振り向きざまに笑顔を残して、がくんと膝を折る。次にやってきた波に頭まで沈めた。

（冷たい！　気持ちいい）

思い切り息を吐くと、ぼこぼこと泡が生まれては水に溶けて、海と一体化する錯覚がした。

沁《し》みるほど冷たい水は、すぐに肌と馴染む。

「ぷはっ」

　息継ぎのために海面から顔を出す。今度は仰向けになって、髪を洗った。赤から紫色へ染まった空がやけにまぶしい。このまま浮力に任せて身体を横たえ、波間に漂えたら最高の気分を味わえそうだ。

　しかし、慌てて追ってきた蒼仁に引き止められる。

「おやめください！　心配で見ていられません。見張りの人もびっくりしていますよ」

　波打ち際を振り返れば、獅子の仮面の兵士が茫然《ぼうぜん》と立っている。表情は見えないのに、当惑している様子がありありとわかっておかしかった。

「ふふ、川遊びの次は海遊びね」

「風邪をひきます」

「平気よ。塩水って浄化作用があるんでしょう？　お父さまの布団を洗うとき、塩水につけていたのを思い出したわ」

「とにかく上がりましょう」

「ねえ！　ここの患者さんにも応用できるんじゃないかしら？　それとも塩水って刺激が強い？　真水のほうがいいの？　あ……水属性の力！」

　全身びしょ濡れなのを忘れて、蒼仁にしがみつく。

「治癒《ちゆ》の力があったはずよ。明日から患者さんへ水属性の力を送ってみましょう」

「わかりましたから」

半ば強制的に背を押され、陸へ上がらされる。

髪は重く、服は肌と一体化している。両手で髪を束ねて絞ったら、面白いくらい水が滴《したた》った。

二人を茫然と見守っていた兵士が、はっと我に返ったように横を向く。異変に気づいて蒼仁が声を上げた。

「ひ、姫さまっ、すぐに天幕へお入りください！」

「なぜ？　まだ寒くないわ」

「早く！」

穏やかな彼にしては珍しく口調荒く命令してくる。しぶしぶと従った。

「火を起こしておきますから、中でお着替えください」

天幕へ乱暴に押し込められてから、自分の濡れた身体を見下ろしてようやく理解する。

（やだ、透けて……！）

上下とも白い服だったせいか、布地が張りついて薄紅《うすべに》色の肌が透きとおっている。胸もとの金と青の宝玉の形もありありとわかるし、女性的な身体の曲線が見事に浮き上がっていた。

(気をつけなくちゃ。蒼仁と仮面の兵士だからよかったけれど)

濡れた服を脱ぎながら、小さくため息をつく。下着を替えたところで、ふと気になった。

(よかった……のかしら?)

「着替えは済みましたか? 早く身体をあたためてください」

「あ、はーい」

ちらりとよぎった疑問は答えを出す前に霧散して、忘れてしまった。


璃璃は夜のうちに砂除けの布を繕《つくろ》った。

「器用ですね。驚きました」

目を丸くする蒼仁を見て、得意げに胸を張る。

「これでも一応花嫁修業をさせられていたのよ」

庭で蒼仁と遊ぶほうが数百倍も好きではあったが、いずれ結婚して家庭に入る予定だったので裁縫や料理など一通り学んできたのだった。

「翠璋のために……ですか」

苦々しい面持《おもも》ちで言われて、璃璃もまた鼻筋に皺を寄せる。

（いやだわ、思い出すだけで……頭に血が上る）

手もとを荒々しく動かして気を紛らわせる。

「結婚前に本性が知れてよかったー。あんなやつの服なんてびりびりのボロボロでいいわ」

わざと明るく冗談めかして言ったのに、蒼仁は深刻そうだ。

「このようにたいへんな思いをされている中で不謹慎ですが、その件だけは不幸中の幸いでした」

堅苦しく言われたので一瞬なんのことやらと思ったが、蒼仁も璃璃が翠璋と結婚しなくてよかったと言っているのだった。

「本当よ。わたしもコハクも前から苦手だったのに、蒼仁はよくあの人を擁護《ようご》していたわ」

「すみません、俺の目が節穴でした。次に姫さまのお相手候補となる者が出てきたら、そのときは――」

そこで彼は言葉を切る。

続きを促そうと視線を向ければ、彼は右手で前髪をぐしゃりと握りしめた。その瞳は当惑げに揺れている。

「どうしたの？」

「……いえ」

「そのときは、なに？」

蒼仁は小さく息をつく。ゆっくりと目をつむり、次に開いたときにはいつもの穏やかな表情に戻っていた。

「そこらの 姑《しゅうとめ》 よりも厳しい目で相手を審議します」

「それは怖いわね。でも……そういうのはしばらく必要ないけれど」

簒奪者を打ち負かし、国を取り戻すことがなにより重要で、そのためには石榴国の疫病を解決させなくてはいけない。

「そろそろ寝ましょうか。続きはまた明日……」

布団代わりの服をかぶる。

野宿の際は暖を取るためにいつもくっついて寝るのに、なぜか今夜の蒼仁は璃璃と少しあいだを空けて横になったのだった。


翌朝は窓に砂除けを縫いとめる作業からはじめた。

看護人の二人は別の人と交代していた。しかし、挨拶をしても返ってこないところは昨日と一緒だ。

見張り役の仮面の兵士は背格好からして同じ人だが、やはり一言も話さないので、璃璃は蒼仁としか会話が成立しない。

「これでよし。窓を開けるわよ」

桟《さん》に砂が詰まって固くなった窓を、ぎしぎし言わせながら開ける。

と、たっぷり潮を含んだ優しい風が入ってきた。

布団にくるまっていた人たちが、変化に気づいた様子で顔を上げる。

寒そうにしている人がいたらすぐに閉めようと思ったが、表情を見る限り好意的に受け取られたようだった。

(そうしたら次は、水属性の力ね)

うつ伏せで肘《ひじ》をついて半身を起こしていた近くの患者へ声をかけてみた。

「おはようございます。少しよろしいですか?」

その人は中年の男性で、びっくりした目をこちらへ向けた。彼の手の甲から肘にかけて、びっしりと赤い浮腫が埋め尽くしている。

「治療をさせてもらえませんか? よかったら、その手を見せてください」

「っ」

男性の瞳が見開かれたと思ったら、亀《かめ》のように手と頭を引っ込めてしまった。

「あ……、ごめんなさい、怖がらせるつもりはなくて」

実験台にされるとでも勘違いしたのだろうか。布団の中でぶるぶる震えているのを見たら申し訳なくなった。

それなら別の人を、と振り返る。

「わたしは水属性の治癒の力が使えます。痛いことはしないので、浮腫が治るかどうか力を当てさせてもらってもいいですか？」

「水属性だって？」

静かだった室内が、ざわついた。小さく悲鳴を上げる者、布団を引きかぶってしまう者、半身を起こしてこちらをにらみつけてくる者もいる。

なんだか異様な雰囲気に支配されてしまった。

「あの、変な意味ではないですよ？　わたしは金と水の双属性《そうぞくせい》で……」

「お待ちください。石榴国の民は火属性が多いと聞きます。金も水も火にとっては相剋《そうこく》の関係。警戒されているのではないでしょうか」

蒼仁の推測は的を射ていた。

（それなら仕方ないわね）

嫌がられてまでやるものではない。病人を精神的に追い詰めたくはなかった。

（でも、もう危険な状態の人なら……）

顔に浮腫が現れると、最期《さいご》が近いと言われている。父も兆候が出てその日のうちに亡くなった。

ここでは看護人はあくまで見守りでしかなく、積極的な治療は施《ほどこ》されない。そのため、毎日誰かが静かに亡くなり、遺体は夕方回収されていくのだ。

患者の様子を見ながら、ゆっくりと施設を歩き回る。やがて、布団にくるまる気力もなく片手を通路へだらりとこぼしたままの女性を見つけた。顔は一面浮腫に覆われ、ぐったりと目を閉ざしている。

（お父さまの最期もきっとこんな……）

胸がきゅっと苦しくなった。

枕もとへ腰を下ろすと、彼女のかろうじて浮腫のない指先をそっと握る。

反応はない。

（水の力を）

彼女が治るように、祈りを込めてつながった指先から力を注ぐ。

「ちょっと、なにしてるのよ！」

遠巻きに様子を見ていた看護人が、異変に気づいて声を上げた。

無視するつもりはなかったが、集中が必要なため返事ができない。

「やめなさいっ、その人をどうするつもりなの」

「お静かに、治療中です」

代わりに蒼仁が答えるが、そう簡単には納得してくれない。

「やめなさいってば！」

その場で足を踏み鳴らしていたが、看過《かんか》できないと悟ったのか、彼女はこちらへ駆けてくる。

床には患者たちがほとんど隙間なく寝ているのに、危ない。さすがに璃璃は手を放して力を引っ込めた。

猫のごとく目をぎらつかせて威嚇《いかく》してくる女性へ、璃璃は落ち着いて説明する。

「この方は放っておいたらまもなく死出の旅へ出てしまいます。だから、青金神将の力で助けてあげたいのです」

「怪しげな呪術なんて使われるなら、死んだほうがましよ」

「本当に？　この方があなたの大切な人でも同じように言いますか？」

「っ!!」

頭から湯気が出そうなくらい、彼女は顔を真っ赤にする。鋭いまなざしでにらみつけてくるので、視線だけで射殺されてしまいそうだ。

けれども、反論はできなかったらしく――。

彼女はくるりときびすを返す。そのまま怒って施設を出ていってしまった。

もう一人の看護人も、慌ててその背を追っていく。

「いなくなってしまいましたね」

「大丈夫よ、見張りの方がいるもの。わたしたちが間違った行いをしているのなら、石榴国王からお叱《しか》りがくるはずよ」

これ幸いと、璃璃は治療を再開する。

青金地区で白魚川《はくぎよがわ》の水を増やそうとしたときも、すぐに結果は出なかった。だから、長期戦は覚悟の上だ。

患者とじっくりと向き合って、静かに水の力を送り続ける。

一時間、二時間、三時間――、半日経《た》ったところで、顔の浮腫の赤みが少しだけ引いてきた。

「ずっと続けていれば、効果があるかもしれない、わ……」

「姫さま、さすがに根を詰めすぎです。休憩しましょう」

「でも、人命がかかっているのよ……」

川の水とは違う。直に握る手からは、ぬくもりが伝わってくる。そう簡単には投げ出せない重大な責任を感じた。

——結局、その日は夜まで一人の女性と向き合い続けた。

彼女の浮腫は消え去りはしなかったが、朝よりは薄らいでその日の命はつなげた。

「さすがに今日はもう無理ですよ」

蒼仁に止められて、璃璃は後ろ髪を引かれながらも寝床へ戻る。

そこで、信じられない光景に遭遇した。

天幕が張ってあった場所には、ずたずたにされた布の塊があった。二人の荷物は散乱し、砂に半分ほど埋もれている。

「まさか獣が?」

森の中で野宿するときには一晩中、火を絶やさず野獣を寄せつけないようにしていた。

人里ではその心配はないと思っていたのに。

だが、布地を拾い上げた蒼仁は眉間《みけん》に深く皺を刻む。

「いいえ、これは人ですね。刃で切られた痕《あと》です」

「嘘、いったい誰が?」

「悠長なことを。誰でもありえます。天幕といい、昨日の残飯といい、嫌がらせが過ぎる。我々はまったく歓迎されていないのです」

（残飯……やっぱり）

わざとかけられたのは、蒼仁も気づいていたらしい。

当然だ。ぶつかったわけでもないのに頭上からぶちまけられたのだ。どう見ても違和感があっただろう。

（嫌がらせか……。戦争中の敵国の姫だものね、これが普通の反応だわ）

青金地区でも璃璃の存在に反発は起きた。しかし、こうまで直接的なものではなかった。それは、族長の息子の蒼仁が隣でずっと味方をしてくれたおかげだ。民の負の感情は幾分抑えられていたに違いない。

（でも、めげている場合じゃない）

翠璋に対抗するには、どうしたって他勢力の協力が必要なのだ。それに、コハクだって猫質に取られている。やるしかない。


その翌日もさらに次の日も、細かな嫌がらせは続いた。

あからさまな無視は当然のこと、食事の準備中にぶつかってきたり、服の裾《すそ》を踏みつけたり、せっかく繕った天幕を再び荒らしたりと、散々された。

さすがの蒼仁も怒りの声を上げかける。だが、璃璃はあえてそれを止めた。

「いい加減にしないか」

「いいのよ。こっちはこっちに集中しましょう」

目の前の命を救うことのほうが重要だ。雑念に囚われている場合ではない。

一人の患者と向き合い、水の加護を送り続ける。明らかな変化がなくて不安だが、まだ彼女が生きている事実に希望をつないで頑張った。

「姫さま、あちらの老人も顔に浮腫が出てきました」

「たいへん。そうしたら、蒼仁がこの女性へ水の力を送ってくれる？　わたしがそちらのほうへ行くから」

「わかりました。頑張ってみます」

璃璃の力に影響されて蒼仁も水属性の力を少しなら発揮できるようになっていた。人を交代して、また一から力を注ぎはじめる。

（埒が明かない……）

こんなふうに水の力を注ぎ続けるのは、せいぜい一日一人が限度だった。

もっとほかの方法を考えなくてはいけない。

だが、気もそぞろでいれば、力が発揮できない。

(集中しなきゃ)

改めて気合いを入れ直そうとしたとき、ふっと影が落ちる。いつの間にか部屋の隅にいた看護人の女性が目の前に立ってこちらを見下ろしていた。

「ねえ、あなたさあ」

「……はい」

「金襴国の姫なんでしょ?」

「そうですよ」

向こうから雑談じみた問いかけをされるのは初めてで面食らったが、彼女の表情を見れば楽しく会話をしたいわけではないとわかった。

細い眉をこれ以上なく吊《つ》り上げて、猛禽《もうきん》のごとく瞳をぎらつかせている。

「あたしのお父さん、戦争で死んだのよ。あんたの国に殺されたの」

璃璃は手を止めた。膝に揃えて、彼女を見上げる。

そうきたか。

「それは……ごめんなさい。父の起こした戦で、多くの人が苦しんだのは承知しています。

娘としてお詫《わ》びします」

「ごめんって、舐《な》めてんの!?」

彼女は激昂《げっこう》し、璃璃の胸倉を摑んできた。

恐怖よりも驚きで硬直する。真正面から受けた怒りの激しさに、ただ圧倒されていた。

慌てた蒼仁が駆け寄ってくる。

「やめなさい！　さすがに看過できません」

男性に力では敵《かな》わないのを知っているせいか、彼女は舌打ちをして璃璃を突き飛ばす。

「あっ」

均衡を崩して尻餅《しりもち》をつくが、とっさのことで受け身が取れずにそのままこてんと仰向けに転んでしまった。運悪くそこには食事の碗を乗せた台があって……。

豪快に倒れた上、碗が割れる音が重なり、璃璃は息を詰める。

痛みは一秒後、襲ってきた。

大量の熱湯を一カ所にかけられたような熱い衝撃が走る。

(痛い――――！)

息がうまくできず、浅く速く繰り返した。身体をくの字に曲げて耐える。

「しっかりなさってください」

蒼仁の悲痛な声が頭に響く。

「自分がなにをしたかわかっているのか！」

「勝手にその子が転んだのよっ」

「君の恨みは姫さまへぶつけるものじゃないだろう⁉」

（あ……、だめ、違う……）

惨状をまのあたりにして、蒼仁も理性を失いかけている。

主《あるじ》を傷つけられた怒りを彼女へ向ければ、事態はこじれてしまう。

彼女の恨みと、璃璃の怪我は別物だ。

腹の底へ力をこめて上体をもたげる。

「待って、わたしに言わせて」

「姫さま」

蒼仁が手を差しのべてくれたので、すがって起き上がる。蒼仁の剣幕に怯《ひる》んで肩を縮める女性をまっすぐに見つめた。

「あなたの苦しみは理解しますし、受け入れます。でも、これはだめ。患者さんたちが怪我をしたらどうするの？」

背中にも心臓ができたみたいに、ずきん、ずきん……と脈がはねる。その痛みが熱を呼び、璃璃の言葉の勢いも加速した。

「わたしはこの人たちを助けたくてやっています。きっかけは石榴国王に言われたからだけれど、わたしの父も同じ病で亡くなった！　今は助けたい気持ちだけで必死なのよ。それをこんな……邪魔しないで！　わたしに怒る気持ちと患者さんへの態度は違う」

興奮がすぎて、最後は叫ぶような言い方になってしまう。

目の前の女性は強く責められて、目に涙を浮かべた。下を向けば、ぽたぽたと雫《しずく》が落ちる。拳を握りしめ、声を震わせた。

「やって……らんない。こんな仕事、病気はうつるし、最初から嫌だったのよ！」

言い捨てて、彼女は背を向ける。そのまま施設を出ていってしまった。もう一人の女性も動揺して右往左往していたが、結局彼女を追って姿を消した。

璃璃は重々しく息をつく。

前回も彼女らは職務放棄して帰ってしまった。しかも、もともと嫌々やっていたのだと白状した。病を恐れる気持ちはわからないでもないが、擁護はできない。

振り向いて、見張りの仮面の兵士へ告げた。

「もしよろしければ、陛下にありのままを伝えてくれませんか？　これでは患者さんを救えません。純粋にこの人たちを助けたいと思ってくれる人を施設へよこしてほしいんです」

「……」

　これまで無反応で見守っていただけだった彼が、静かにうなずいた。

（わ、初めて……）

　意思疎通できた嬉しさで、打ち沈んでいた気持ちが少し明るくなる。

（よかった、これで動きやすくなるかもしれない）

　ほっとすると忘れていた痛みがよみがってくる。

「蒼仁、背中」

「はい？」

「すごく、痛い」

「手当てを！」

　弾かれるように姿勢を正した蒼仁は、流れる動作で璃璃を抱き上げる。幼い頃からよく抱っこをされてきたので、自然とそうしたのだった。

　が、腕に抱き上げられたほんの刹那、彼がぴしっと硬直する。

「ごめん、重かった？」

　子供のときと比べて、だいぶ成長していた。

「ち、違います！　そうではなくて……」

「自分で歩くわ」

「いけません。俺がそんな非力に見えますか？　大丈夫です」

意地になった彼は首を振って言い切り、ずんずんと進んでいく。体幹はまるでぶれず、たしかに彼の言うとおり体重がどうとかいう問題ではないらしい。

「見せてください」

天幕に入ると、鬼気迫る表情で言ってくる。

「はい……」

なんとなく拒否できない雰囲気にのまれて、璃璃は背を向け着物の帯を緩めた。前合わせを開いて肩を落とす。

背後で蒼仁が小さく息を張りつめた。

「打ったところが赤く腫《は》れています。ただ、切り傷などはないみたいで安心しました」

「そっか。大げさに言ってごめんね」

「いいえ。痛かったでしょう。俺の力は微々《びび》たるものですが、治療します」

言って、背中にひんやりとした手がふれる。

「ひゃ……っ」

「！」

物言わぬ彼の手が、戸惑いを伝えてくる。敏感な肌は指先のかすかな震えも拾った。

（心配させてしまったのね）

与えられる水の力は、どこか不安定で強弱をつけて揺れている。治療はずいぶんと長い時間がかかった。

「……まだ？」

「もう、終わりです」

彼の手が名残惜《なごり》しげに離れていく。

着物の合わせを押さえながら振り向いた。

「ありがとう、楽になったわ」

「――」

むさぼるような視線が璃璃を貫く。

（え……？）

だが、気のせいだったのだろう。彼はまばたきをすると見慣れた穏やかなまなざしを取り戻す。

「あまり無茶しないでくださいね」

「……うん、ごめんね」

本日何回目かしれない謝罪をしたのだった。


朝日が昇るのと同時、璃璃は目を覚ます。

隣で寝ているはずの蒼仁がいなかった。

「蒼仁？　どこ？」

夜はいつだって護衛だの警戒だのと片時も傍を離れなかったくせに、いったいどうしたのだろう。

（なにかあった？）

焦って天幕をめくる。そこには、蒼仁だけではなく大勢の兵士がいた。どの人も獅子の仮面をつけているので、ぎょっとした。

昨日まで見張りをしていた人とまったく同じ格好の男性が二十名以上整列している。

「どういうこと？」

「ああ、姫さまおはようございます。どうも見張りの数が増やされたみたいですね」

「それで先に外へ出ていたの？」

「え……？　ああ、そう、です……」

なぜか歯切れが悪い。違う理由があったのかと勘繰りたくなる。

彼はなにかを誤魔化すふうに声を明るく改めた。

「参りましたよ。どうしてこんなに見張りが必要になったのか、理由を訊《き》いても誰も答えてくれません」

「見張りって……。もしかして、昨日手伝ってくれる人を派遣してってお願いしたからじゃない？」

璃璃は目を凝《こ》らして立ち並ぶ男性たちを見回す。身体つきや姿勢と仮面からこぼれる髪の様子を見極め、昨日までの見張りの人を探し当てる。

「あなたね、陛下へ伝えてくれたんですね？　ありがとうございます」

彼は跳び上がるほど動揺を見せた。まさか仮面越しに璃璃が正体を見破るとは思っていなかったのだろう。

少し得意になって胸を張る。すると、その兵士の隣の男性が小さく息をついたのが耳に引っかかった。

見れば、その人は集団の中でもひときわ背が高く、体格が優れていた。歴戦の兵士のごとき不思議な威圧感を放ち、同じ仮面をつけていても彼だけが内側から光り輝いているように見える。

だというのに、彼は胸もとに細やかな動物の毛をつけていた。ちぐはぐでほほえましい。白くて短い――猫の毛だ。白一色だけではなく、白と黒と半分半分の毛もついている。

（コハク……）

愛《いと》しい飼い猫を思い出して胸がきゅっと縮まる。コハクの桜模様のあるあたりも、白黒半分の毛色をしていた。

思わず、その人へ話しかける。

「猫を飼っているのですか？」

「っ」

「わたしにもいて。すごく毛の色の感じが似ています。白地に黒い模様のところが、こんな毛で」

「……」

彼は大げさにそっぽを向いて会話を避けようとする。王から璃璃と話さないよう厳命されているせいだろう。

（あんまりしつこくすると悪いわね）

あとで彼が咎《とが》められてもいけない。追及をやめてぐるりと見渡した。

「今日はよろしくお願いします。これだけ人がいるのなら、やっていただきたいことがありますーー」

定期的な空気の入れ換え、こまめな掃除、布団や敷物の消毒、食事の介助、一人一人の病状を把握《はあく》した記録づくり……などなど。

病床の父が受けていたのと同じ細やかな看護へできるだけ近づけたい。仮面の兵士たちに任せられれば、璃璃の空いた時間はすべて重症患者への治癒にあてられる。

「ねえ、昨日から考えていたのだけれど」

ふいに話しかけると、蒼仁はぎょっとして振り向く。

「え、どうしたの」

「いえ……、どうかしましたか」

話をしようと自然に身を乗り出せば、彼はなぜか同じだけ後ずさりする。

「なに？」

「いいえ、なにも。それよりなんですか？　なにか言いかけていたでしょう」

そうだった、と気を取り直す。

「こうやって一人一人と向き合うのは大切だとは思うけれど、どうも時間がかかりすぎるかなって。同時にたくさんの人を救えたらいいのに。なにかいい方法はないかしら」

「……そうですね、考えておきます」

蒼仁は真面目な声音《こわね》で言うと立ち上がる。

「あちらの人の様子も見てきますね」

そして、そそくさと去っていく。

(一緒に話しながら考えたいと思ったのに、なんで？)

そういえば、朝もいつの間にか起きて外にいた。日中も普段ならつかず離れず傍にいるのに、なぜか今日は璃璃が傍へよれば同じだけ離れて一定の距離を保とうとする。

よそよそしい。

「もしかして蒼仁、熱があったりしない？」

「しません。健康そのものです。姫さまこそ、そんなこと訊いてくるのはどこかお悪いのですか？」

「まさか。違うわよ」

「ならばよかったです。では、あちらの患者の記録を取ってきますね」

「う、うん、お願いね」

(気のせいだったのかしら？)

……しかし、違和感は、夜になって一段とはっきりする。

「今日から俺は外で寝ます」

「どうして？」

「別に……。見張りですよ。関わってくる人が増えましたからね」

「だったら、中で一緒のほうがいいんじゃないの？」

「なにかあったとき俺が外にいたほうがすぐ対応できますから！」

言い切るや、こちらの返答を待たず出ていってしまう。

（なにそれ、変なの）

蒼仁とのあいだの微妙な距離感は、この後しばらく続いた。

あからさまに避けたり口をきかなかったりするわけではないので、はっきりと言葉にはできない。だが、常に璃璃の傍へ寄り添い、なにかあれば一秒で駆けつけるという過保護な雰囲気に、壁が一枚できた。

毎日やることは山ほどある。蒼仁と膝を突き合わせてゆっくりと話す時間はない。でも、気になってしまう。

（なんだか、うまく力が発揮できない）

患者へ水の癒《いや》しの力を送ろうとしても、ぶれてしまうというか、ぴたっとはまらない感覚に襲われる。

（こんなのじゃだめだわ）

もともと、今の方法では物事がはかどらないと思っていた。やり方を変える潮時かもしれない。

（人へ直接働きかけるより、青金地区でしたみたいに土地全体の力を増やすとか、大きなことができれば）

ふと気になって、たまたま一番近くにいた仮面の兵士に問いかける。

「石榴国に住む人は、やっぱり火属性の方が多いのですか？」

突然話しかけられて、彼は困ったふうに後ろを振り返る。なぜかそこには例の猫の毛をつけていた大柄な人がいて、まるで上官が部下へ許可を与えるように浅くうなずいた。すると、兵士は嬉々《きき》として質問に答えてくれる。

「国民の八割くらいが火属性だと思います」

「かなり多いのね。力が強い人もたくさんいますか？」

彼はまた背後を振り返る。同じ人物の許諾を求め、うなずきを得てから答えてくれる。

「我が国の兵士が闘志にあふれ強力なのは、強い火属性のなせるわざかもしれません。火属性の子供は年々増えています」

「なるほど。ありがとうございます」

（火属性に満ちているということは、土地も同じく火属性が強いのだわ）

疫病は石榴国内で蔓延しているが、金襴国ではそれほど見かけない。父は国境の陣中で感染したのだ。

（もしかして、土地の属性が火属性に偏《かたよ》りすぎているせいもあるの？）

過ぎたるは猶《なお》及ばざるが如《ごと》しという。

青金地区に飢饉が広がったのは、土地の水の力が減少したせいだった。石榴国は逆に火の力が増えすぎている。

反対の状況ではあるが、どちらもその土地が持つ本来の属性の均衡が崩れたという共通点がある。

（だったら、火の相剋にあたる金属性の力を送ってみようか）

「すみません、ちょっと外へ行きます。中をよろしくお願いします」

つかず離れずにいた蒼仁が、黙ってついてくる。距離感はあるものの、護衛は変わらず務めてくれるようだ。

さらにもう一人、仮面の兵士も一緒に外へ出てきた。

猫の毛をつけている大柄な彼だ。なにをするのか見張るつもりだろう。

逃げたり怠《なま》けたりすると思われるのは心外なので、返答はないと知りつつ説明をしておく。

「これから土地へ金属性の力を送ってみようと思っています。五行の力は各地で偏りがあるのは問題ありませんが、あまりに一つの属性だけが強いのもよくないのではないかと思い至りました。火属性が強すぎるせいで、相剋の金の力が弱まっているのかもしれません。ちょうどここは町の南側で、風水的に最も火の力が強い場所でしょうから試してみます」

言いながら、屈みこんで地面へ手のひらをかざす。

蒼仁と距離ができてから水属性の力は不安定になっているが、金の力は以前と変わらず使えた。

金色の力を地へ染み込ませながら、ふと思い浮かんだことをつらつらと語る。

「そういえば、錫《すず》の杯を使うと毒が消えるといって、父はいつも錫の食器を使っていました。金属には毒素を消す要素もあるみたいです」

「……」

「疫病にもなにかよい作用がないでしょうか？　病原菌が育ちにくい土壌になるとか、効果があればいいのですが」

「……」

返答はないが、誰かに聞いてもらうと自分自身の考えの確認にもなった。

（創世神話によれば、金は万物の王。すべての根源となるもの。金欄神王が三つの禍を退

けたように、金の力で疫病を退けられれば）

ここ数日、先が見えなくて行き詰まっていた。

だが、徐々に自信を取り戻してくる。

迷いが薄れると、力も明確になってたくさん発揮できた。

集中していると一日はあっという間で、気づけば日が暮れていた。

猫の毛の人は交代の時間がきたのかいつの間にか消えていて、代わりに初日から見張りについていた兵士がやってくる。

「国王陛下が二人に住まいと食事を提供するとのことです。本日よりそちらへお移りください」

彼は人員派遣の要請をしてくれただけではなく、璃璃たちの天幕暮らしと日々の粗食についても報告してくれていたらしい。

「ありがとうございます。とても助かります」

申し出をありがたく受ける。明日からも精一杯頑張る糧《かて》にさせてもらおうと思った。

❖第四章　火の団結　土の解呪

充実した時間が飛ぶように過ぎていく。

気づけば赤や黄色に色づいていた木々は衣を脱ぎ捨てていた。夕方になると気温が急に下がり、冬を実感させる冷たい風が吹く。

璃璃《りり》たちが疫病《えきびょう》の治療をはじめて三カ月が経《た》っていた。

「最近は運ばれてくる患者、まったくいないよな」

「前は死者が出れば出ただけ、新しい入所者が来ていたのにな」

出入り口近くにいた仮面の兵士たちが話している。

当初、璃璃たちと口をきかないと厳命されていたらしい彼らだったが、共に時を過ごすうち必要最低限の言葉を交わすようになり……気づけばいつの間にか事務的な会話は普通にできていた。もちろん雑談に興じるほど親しくなってはいないが、彼らは璃璃を共に患者を救う仲間として受け入れてくれたようだった。

「死者とか言うなよ。この頃誰も死んでいないだろう」

「そういやひと月以上見てないな。死体がむしろに包まれて出ていくの、いつもたまらない気分だったんだよ」

「今じゃ出ていくのは治った患者だけだもんな」

「やっぱり、あれが効いてるのかな？　なんだっけ、ほら……金《きん》属性の」

「毒素を消す力」

彼らの視線が、こちらへ向く。

璃璃は、大地と向き合い金の力を注いでいた。

(見られていると、ちょっと気恥ずかしいわ)

照れ隠しににこっと笑いかける。すると、彼らは慌《あわ》てたふうに会釈《えしゃく》を返して施設の中へ引っ込んでしまった。

ちょうど空気の入れ換え時間で、璃璃の座る場所からも中がよく見える。

来たばかりの頃は百を超えた病床も、今は三分の一に減っていた。そのため通路の幅を広く取れ、患者と患者のあいだには仕切りを設置することができた。私的空間で、彼らは本を読んだり間食をとったり、家族と面会も可能になった。快適さが増したと喜びの声を聞くのは、璃璃にとってこの上ない励みになっていた。

血赤《けつせき》の病は、一度浮腫《ふしゅ》が身体《からだ》に現れると消す方法がなく、治らないとされてきた。しかし、金襴神王《きんらんしんおう》と青金神将《せいきんしんしょう》の加護のおかげか人々の浮腫は徐々に薄れていっている。軽症の者から回復して施設を出ていけるようになったのは、大きな変化だった。

施設の患者数は簡単にはゼロにならないが、今や死線をさまよう人はいない。体力は日に日に回復し、皆希望にあふれていた。

病の完全な終息とまでは言えずとも新規の患者が出ないことから、璃璃たちの行動の結果が出たと誰の目から見ても明らかだった。

「陛下がお呼びです」

ついに、王城へ呼び出しのときが来た。

初日に王と謁見《えっけん》した際はそれなりに見栄えのする格好をしていったが、それらの衣は生活の糧《かて》としてすべて売り払っていた。

不敬かもしれないが、璃璃と蒼仁《そうじん》は施設で働いているときと同じ白い質素な作務衣《さむえ》姿で登城する。

今回は蒼仁も共に謁見を許されたので、二人揃《そろ》って玉座に座る炎羅《えんら》と向き合った。

「この数カ月、お前たちの行動を見させてもらった」

威厳のある声を聞いて、緊張が高まる。気が急《せ》いて仕方ない。璃璃は唾《つば》をのみ込み、先回りして尋ねた。

「いかがでしたか。陛下の信頼に足るものでしたでしょうか」

炎羅は不遜《ふそん》なまなざしをふっと緩ませる。好意的な答えが期待できた。

「悪くない。話を聞いてやってもいいとは思えた」

「では、力を貸してくださるのですね？」

喜び勇んで歓声を上げたいのをぐっと堪《こら》えつつ、声音《こわね》を高くして詰め寄った。

しかし、待てとばかり、炎羅は右手を軽く挙げて制してくる。

「話を聞いてやるとは言ったが、願いを叶えてやるという意味ではないぞ」

「え……」

希望を打ち砕く発言に、璃璃は凍りつく。

（そんな、言葉遊びをしたいわけじゃないのに）

だが、炎羅はかまわず続けた。

「要は、お前が本物の金の姫であり、信用に足る人物だと俺が認めたという話だ。兵を出すか出さないかはまた別で、俺の一存でどうにかなる問題ではない。互いの国を背負っての大きな交渉ごととなる」

炎羅の言葉は至極もっともだ。

璃璃は単なる亡命者で、国家的な権力はない。援軍を出してもらえるほどの十分な見返りも渡せない。

長きにわたる友好的な関係があったならばともかく、敵同士だったのだ。そう簡単に一方的な援助を受けられる立場ではない。

「そうだ。先にコレを返しておこう」

反論できず戸惑っていると、炎羅が思い出したふうに言う。

懐《ふところ》へ手を入れた……と思えば、白くもふもふした生き物がぴょこんと顔を出した。

(猫？　って、あれは)

強面《こわもて》の王者とほっそりしたかわいい猫の対比があまりに隔離しすぎていて、璃璃は思わず二度見してしまった。

「コハク!?」

再会できた安堵《あんど》よりも、衝撃のほうが大きかった。

信じられない。

コハクは誰にでも懐く猫ではない。これだけ長らく旅を共にしてきたはずの蒼仁へはいまだに塩対応だし、かつて毎日顔を合わせていた翠璋《すいしょう》に対しては威嚇《いかく》しかしなかった。

唯一、璃璃と似た雰囲気の兄には馴《な》れていた、それくらいだ。

なのに、炎羅の懐でぬくぬくと目を細めているさまは、誰が本当の飼い主かわからない。

だんだんと驚きが薄れ、呆《あき》れてくる。

(裏切り者ー)

必死に頑張っているあいだに、コハクはコハクで新たな庇護《ひご》者とよろしくやっていたと思うと、嫉妬《しっと》で頭がくらくらした。

しかし、別の側面から見ればこうも受け取れる。

(大切にしてもらっていたのね)

警戒心の強いコハクが懐いたのならば、炎羅は猫に対しては紳士だったのだろう。

(それなら、いいか……)

「どうした？　取りに来い」

「はい」

驚きやら嫉妬やら安堵やら感謝やらで頭がぐちゃぐちゃになりながら、玉座の階段を上る。

コハクを抱こうと両手を差しのべたところで、手首をとられた。

「っ」

「璃璃、援軍がほしいか？」

いきなりの名前呼びにおののく。

続けて炎羅はとんでもないことを言った。

「だったら俺の嫁になれ」

「ファッ」

驚愕《きょうがく》しすぎて変な声が出た。階下でも、蒼仁が動揺して息をつく。

しかし、炎羅だけは泰然自若《たいぜんじじゃく》としている。

「そこまで驚くことではないだろう。国と国が手を組むとはそういうものだ」

（たしかに、お兄さまは石榴国《ざくろこく》の王族の女性をお妃に迎えたいと言っていたわ）

同盟を結ぶのなら、それが普通なのかもしれない。

だが、「はいそうしましょう」と即答できるものではなかった。手首を摑《つか》まれている状態なのも落ち着かず、考えがまとまらない。

「ンニャア」

そうこうしていると、炎羅の胸もとからコハクがのっそりと出てきて、璃璃の手にすり寄ってきた。炎羅の居丈高な表情がにわかに柔らかくなる。

「コイツは俺のところが気に入ったとさ。お前も思い切って俺の懐へ飛び込んでみれば、案外悪くないと思うぞ」

「それは……、って、あら？」

コハクが入っていた炎羅の胸もとには、白い毛と白黒半々の毛がついている。

既視感がある。

背を反らして距離を取り、俯瞰《ふかん》して彼を眺めた。

鍛え上げられた大柄な体軀《たいく》、にじみ出る威圧感……、もしかして。

「あなた、猫の毛の人!?」

「なんだその妙なあだ名は」

「誤魔化さないでください。獅子《しし》の仮面をつけて、何度か施設へ手伝いに来てくれた人じゃないですか？」

答えはしないが、意味ありげに口角を上げる様子は肯定の意だ。

仮面は見張りの人と璃璃が馴れ合わないようにつけているのだと思っていたが、炎羅が紛れ込んでもわからなくする効果もあったなんて。

「こっそりと全部見張られていたってことですか……？」

「人聞きの悪い言い方をするな。俺は何事もこの目で見て判断したい性質《たち》でな」

「いい加減、手を放してください」

「まだ交渉の最中だ」

解放されるどころか、摑まれている手首には力がこもる。

「じっくりと観察した上で俺はお前を気に入った。だから婚姻《こんいん》を申し込んでいる」

「ひゃあっ」

想定外の求婚に、喉《のど》の奥から叫びが漏れた。

「条件は悪くないぞ。俺は石榴国王、お前は金襴国《きんらんこく》の姫王として立ち、独立した権力を持った上での話だ。つまり立場は対等。同盟国として兵力を融通してやるというんだ」

畳みかけられると、迫力に圧《お》されて彼の話を素直に聞いてしまいそうになる。

（対等の関係を望まれているのなら、悪い話じゃないのかも……）

単に炎羅の妻となって夫に服従しろと命じられているわけではない。

悪い話どころか、現状弱い立場の璃璃にとって破格な好条件の申し出ではないか。

（受けるべきなの？）

迷って視線をさまよわせていると、背後から鋭い声が割り入ってきた。

「いけません！」

はっとして振り返る。

そこには、蒼仁が肩で大きく息をしながら必死の形相でいた。

「翠璋の件をお忘れですか？　望まぬ結婚はしないと決めたのではなかったのですか？」

（……っ、そうだわ）

「余計なことを」

横から邪魔されて鼻白んだ炎羅の手から力が抜ける。その隙《すき》に、璃璃はコハクを抱き上げ後ろへ下がった。

懐かしい飼い主の胸へ戻ってきた猫は、愛《いと》おしそうに鼻をひくひくさせる。

腕の中のたしかなぬくもりが、璃璃を正気に戻す。

（そうよ、結婚なんて……そんな簡単に決められないわ）

婚約者に国を奪われて荒波へ放り出された身が、舌の根の乾かぬうちに隣国の王と婚約を考えるなんて、どうかしている。

話術に長《た》けた炎羅に危うく流されるところだった。

まなじりを決して彼を見つめ、それから深々と頭を下げる。

「ありがたいご提案でしたが、申し訳ございません。わたしは結婚はいたしません」

「いいのか？　同盟は成らないぞ」

「残念です」

余韻《よいん》や含みを持たせず、きっぱりと告げる。

交渉は決裂だ。だが、蒼仁は「それでいい」とばかり大きくうなずいてくれた。

（よかった。蒼仁と同意見なら、きっと正解だわ）

ここしばらくなんとなく彼と距離ができた気がしていたが、勘違いだったのに違いない。確かな絆《きずな》を感じて璃璃もうなずき返す。

（仕方ない、また一から頑張ろう）

自己完結して、明るく締めくくった――のだが。

「いや待て。これで終わりというわけにはいかない」

先方は納得していなかった。

「疫病をほぼ収めたお前の手柄をなかったことにはできない。俺は義理堅い男なんだ」

やおら立ち上がり、自《みずか》らの着物の合わせを開く。

「きゃっ」

慌てて目をそらそうとするが、伸びてきた手に顎《あご》を摑まれ、引き戻された。

隆起した鎖骨の下には、猪の目《いめ》型をした大きな赤い光が宿っている。強い火《か》属性の印である。

「その形……わたしと同じ」

たいていの人は丸い宝玉なので、璃璃だけ不思議な形をしていると思っていた。それが炎羅も同じとは。

「俺のはことさら強い力の証《あかし》だ。石榴神将の加護を一身に受けている。お前もそうなのでは？」

身体の中心からいつも力があふれて、疲れも怪我《けが》もあっという間に回復するようになった。それは金襴神王と青金神将の加護なのだと知る。

「我が国を悩ます問題を解決した褒美として、お前に石榴神将の加護を預ける」

「そんなことができるのですか？」

「できるさ。俺は父親からこの力を譲り受けた。さあ、手を出せ」

ためらっている璃璃の手は、半ば無理やり摑まれて石榴の宝玉の上へかざされる。コハクは腕からぴょんと降りて、足もとで首を傾《かし》げていた。

「あ、熱い……っ」

「我慢しろ。火傷《やけど》するほどじゃない」

とたん、胸もとに新たな心臓が生まれたような疼《うず》きが走った。

(この感じ——)

金属性に目覚めたとき、それから青金神将の加護を得たとき、どちらとも似ている。

凝結した熱が身体に宿ったのを知った。

恐る恐る胸もとを覗《のぞ》き込めば、宝玉が増えている。金、青、赤、三つの光が互いを輝かせ、美しく反響していた。

「火属性の力は人々を団結させ、強い闘志を湧き起こさせる。戦いへ身を投じるお前に相応《ふさわ》しいはなむけだろう」

「……ありがとうございます」

「それからもう一つ」

玉座の傍《かたわ》らに控えていた官吏《かんり》へ、炎羅は目配せを送る。

すかさず、地図を差し出された。

「密偵が掴んだ情報だ。金襴国内では今、大きな粛清《しゅくせい》が行われている。王配の意に沿わぬ官吏や貴族たちが次々と投獄《とうごく》されたり処刑されたりしているとか」

「な……んてことなの」

すっと胸が冷える。璃璃が八カ月も回り道をしているあいだに、祖国はたいへんな事態に陥《おちい》っているらしい。

「帰らないと」

「まあ待て。そこで有用な情報をやると言っている。それを見ろ」

金襴国を中央にして左右に青金地区と石榴国が描かれた大陸の地図だった。南側のかつての琥珀国《こはくこく》があった地区に、何点か丸い印が記されている。

「これは？」

「粛清をすんでのところで免《まぬが》れた者たちが、南の荒野へ逃れて拠点を作っているらしい。合流したらどうだ？」

「っ」

翠璋に反発する者たち――つまりは、璃璃の味方だ。

石榴国の後ろ盾は得られなかったが、彼らを取り込めれば大きな戦力となる。

「ありがとうございます！　すぐに駆けつけたいと思います」

「そうしろ。武運を祈る」

力強い励ましの言葉と共に、炎羅はにかっと笑った。


ありがたいことに、炎羅は璃璃たちの旅支度や資金の援助もしてくれた。

さらには、国境まで兵士をつけてくれるという徹底ぶりだ。

「これじゃあ一生頭が上がらないわ。わたしが王となった暁《あかつき》には、きちんとお礼をしないと」

つぶやきを拾って、蒼仁がかすかに眉を寄せる。

「恩を着せて姫さまのお心を摑もうという魂胆《こんたん》でしょう」

あまりに真面目な声音で言うので、璃璃は思わず噴き出してしまった。

「そんな下心ある？　単に義理堅い方だっただけよ」

「あなたはなにもわかっていない」

深々とため息をつかれてしまう。

「そんなふうに言って。蒼仁にはわかるの？　そういう……恋の駆け引きみたいなの」

「わかりますよ。少なくとも姫さまよりは」

「もう、年上だからって」

「なんとでも。ともかく、前にも言ったとおり、俺はそこらの姑《しゅうとめ》よりも怖いですよ。簡単にはあなたを嫁に出しません」

「待って、そういえば変よ。お姑さんなの？　お父さんなの？」

「さあ、わかりません」

「なにそれ、ふふ」

気安い軽口が楽しい。

最近様子がおかしかったのは、やはり璃璃の思い違いだったのだろう。

——炎羅から渡された地図を頼りに、璃璃たちは馬を進めた。

今朝は一段と寒くなった。

大地には霜《しも》が降りて、朝日を浴びると磨き上げられた鏡面のごとく輝く。葉を落とした木々の枝は水晶の耳飾りと見紛《みまが》うつららを下げて、時折雫《しずく》を垂らして朝の静寂に音色を添えている。

辺りに人気《ひとけ》はない。

かつての琥珀国があったこの一帯は、夏は台風、冬は大雪に見舞われるため、人々は家の南側に石垣を積み、屋根には雪止めをのせるなど工夫をして暮らしていた。だが、数十年ほど前から、自然災害の威力が度を超しはじめたという。

亡くなる者や耐えかねて移住する者が相次ぎ、そのうち国として形骸《けいがい》化していった。王城に大きな雷が落ちて王やその一族が死亡するという痛ましい事件も起こった。やがて――王も民もいなくなった土地は、金襴国へ吸収された。その後、人口は戻らないままだった。

（青金地区も石榴国も、属性の力が乱れていた。もしかすると、琥珀地区も？）

各地に飢饉《ききん》や疫病が起こったのと同様、災害が増えたこの地にも属性のくるいが生じているのかもしれない。

（三つの禍《わざわい》とは違うけれど、放置したらいけない気がする）

属性の乱れはいずれ各地へ広がり、金襴国だって同様に衰退《すいたい》の道をたどる日が来るかもしれない。翠璋による簒奪《さんだつ》も、その序章にすぎないのでは。

（今の王都には翠璋の『悪意』が満ちている……。これこそが一番大きな禍。わたしが解決すべき最後の禍よ）

彼と対決して平穏な世界を取り戻す。それがきっと、父の遺志を継ぐことになるだろう。

璃璃は青金地区で金属性の力を駆使《くし》して飢饉の脅威を遠ざけた。そして、石榴国では疫病の人の回復を助けた。金襴神王と青金神将の加護があってこそできた。続いて石榴神将の加護も手に入れた。

もっとできることが増えたはずだ。

だから、きっと成し遂げられる。

「地図によるとこの辺りですが……」

蒼仁が周囲を見渡しながら言う。紙面には、目印の小川が記されていて、眼下にも端が凍って細くなった白い川が流れていた。気温より水温が少し高いせいか、ほんのりと湯気が立って川面が霞《かすみ》のごとくぼやけて見える。

「ンンー」

懐でコハクがもぞもぞとうごめいた。くすぐったくて身をよじったとき、視界の隅《すみ》に空の白さとほとんど同化しかけた一筋の白い煙を捉《とら》える。

「あれ！」

存在に気づいたとたん、魔法が解けたように露営地が姿を現した。

川の対岸の林のあいだに踏み固められた小道があり、木々の枝に隠れてそれは存在した。

枯れ木を束ね、木の皮を縫い合わせたものをかぶせた小屋には人の気配がある。母を待つ子ウサギのようにじっと息をひそめてこちらをうかがっている。

（会えた）

まだ姿を見る前なのに、そこにいるのが王城から逃れてきた人たちなのだと確信した。

神王の加護がなせるわざかもしれない。

「みんな、そこにいるの？　わたしよ、璃璃よ」

目深《まぶか》にかぶっていた帽子を払い、髪を結っていた紐《ひも》をほどく。軽く首を振ると、金色の豊かな髪が太陽の光を浴びてまばゆくきらめいた。

とたん、どよめきが起こる。蜂《はち》の巣をつついたふうに中から人が飛び出してきた。

「金の姫さま！」

「まさか、信じられない。夢ではないのか」

「一緒にいるのは蒼仁殿だ」

「やはり、生きていらっしゃったのか！」

「このような場所でお会いできるとは」

「みんな……」

　一気に十名ほどに取り囲まれて、馬が動揺の足踏みをする。蒼仁が先に下りて、馬の鼻先をなだめた。

　璃璃は我先にと手を差し出す人々の手を借り、ゆっくりと大地へ降り立つ。

　見回せば、全員ではないが見知った顔がちらほらと確認できた。炎羅の調べ通り、城から逃げてきた人たちなのだった。

「ごめんなさいね、わたしが頼りなかったせいで、たいへんな思いをさせてしまった。よく今まで耐えてくれたわね」

「とんでもございません！」

「ご無事でいてくださった、それだけで十分です」

「ああどうぞ、積もる話は中で」

　彼らに導かれ、小屋へ入る。

　外からの見た目よりも中は広く、ぬくもりがあって快適だった。

「ずいぶんとご成長されたご様子で、蒼仁殿がいなければ別の方かと疑うところでした」

自分でも見た目年齢が五年は加算された気がしているので、指摘されると誇らしいような気恥ずかしいような心地に苛《さいな》まれた。

「しかし、本物の金の姫さまは青金地区にいらっしゃるのではないかとの噂《うわさ》でしたので、驚きました」

「どういうこと？」

「実は……」

長らく国を離れていたあいだの出来事を聞く。

王城ではあの夜、ひそかに璃璃と翠璋とのあいだで婚姻が結ばれたが、その矢先、璃璃が倒れてそのまま儚《はかな》くなったという話になっているそうだ。

璃璃の遺体は、父や兄と同じ血赤の病に罹患《りかん》してあっという間に全身が浮腫に覆《おお》われたため、即日火葬されたという。そのとき一緒に罹患した兵士や官吏が多くおり、皆同様に灰とされた。

最期《さいご》の別れすら許されなかった兵士や官吏らの身内は、当然翠璋へどういうことかと詰め寄った。

だが、翠璋は璃璃から託された玉璽《ぎょくじ》をもってすべての訴えを退《しりぞ》け、自らが最高責任者であるとして権力を振るったという。

一時は強制的に黙らされた人々だったが、やはりおかしいと思う者は改めて声を上げた。すると、翠璋は見せしめに捕らえて痛めつけるという暴挙に出た。ひどいときはなぶり殺される者も出て、恐怖に皆口をつぐむことしかできなくなった。

また翠璋は、各地に金の姫の偽者《にせもの》が現れたと言って捜索をはじめた。彼に疑念を抱く人々は、璃璃は死んでおらずどこかで生きているのではないかと思い至った。

突き詰めて考えれば、璃璃の遺体を見た者は一人もいなかった。相次いで王族が亡くなった衝撃の混乱で、すべての指揮系統が麻痺《まひ》していた。

「夏の終わり頃から、王配は青金地区へたびたびまとまった兵を差し向けるようになりました。なんでも、青金人が金の姫を騙《かた》る者を旗印に、反旗《はんき》をひるがえしたとかで」

「なんですって」

蒼仁を見ると、彼も信じがたいといった驚きの瞳をこちらへ向ける。

「わたしたちがまだあそこにいると思っているのね。どうしましょう、迷惑をかけたくなくて出てきたのに……」

「それはおかしいですね。青金人はあたかも金の姫さまがそこにいるとばかり振る舞っているのですよ。兵を一歩も町へ入れないと必死の抵抗を続けているのです」

するど、蒼仁がはっと目を見開いた。

「もしや、姫さまが無事に逃げきれるよう偽装しているのでは？」

（そんな……）

だが、言われてみればそうとしか思えない。

争いたくなければ、璃璃などいないと町中を調べさせれば済む話なのだ。

（……ずっとかばってくれていたのね）

胸がじんと痺《しび》れる。

石榴国へ向かう道中、それから滞在中も、翠璋の追っ手に悩まされなかった。それは、彼らが守ってくれたからなのだった。

「俺たちは一度は青金地区へ身をひそめましたが、秋には石榴国にいったのです」

蒼仁が代わってこれまでの経緯を説明する。

「なるほど、そうだったのですね」

「王都の様子をもう少し詳しく聞かせてくれる？」

璃璃が頼むと、人々はうなずき、詳細に語ってくれた。

翠璋は反対勢力を力で押さえつける一方で、新しい仕組みづくりに意欲的だった。

もともと金襴国では高位の官吏は金属性の者が多く、そのほかの属性の者は力が強ければ取り立てられるという様子で、彼らが権力の中心を担《にな》ってきた。それを撤廃し、属性や出自にとらわれず優秀な若者を登用したいと言い出した。

一見よい改革だ。賛成する者も多かった。

だが、彼の真の狙いは違った。

古参の勢力を遠ざけて、周囲を自分の言いなりになる者たちのみで固めるための方策だった。まんまと上層部を崇拝《すうはい》者のみで固めたかと思えば、次に熱意を傾けたのは、金襴国の伝統や文化を壊すことだった。

『金は万物の王』という考えを悪とし、創世神話の否定、金襴神王への崇拝を禁止した。

また、新しい国の象徴として、標準服なる服装の型を定めた。

標準服は男女の別がなく、綿の一枚布で作られた立襟の長衣に下袴《かこ》をつけ、腹部には幅のある織物の帯をつけるというもの。動きやすさと手軽さと着心地のよさを重視し、なにより身分の区別がないのがよいとして普及させるのだと公布されたが、それはかつて北にあった緑柱国《りょくちゅうこく》の民族衣装と酷似していた。

「おかしいと反対意見を述べた者は相次いで投獄されたり処刑されたりしました。我らはその迫害を逃れ、南へ流れてきたのです」

この一団のほかにも、同様の集団が点在しているという。炎羅に渡された地図上にいくつもの丸い印があったのがそれだ。

「姫さま、どうか国へお戻りください。我らの王として」

一人の言葉に、全員が奮い立つ。

「そうだ、正統な王は金の姫さまだ」

「我らの姫王」

「金の姫王さま！」

熱い想いに心が揺さぶられる。胸が痺れて、震えて、はちきれそうになった。

知らず唇を噛《か》んでいたらしく、口内に血がにじんでいた。湧き上がってくる興奮で眩暈《めまい》がする。

（わたしは金の姫王）

輝く金色の髪を振り乱して、宣言する。

「一緒に帰りましょう。簒奪者を倒して、国をこの手に取り戻します！」


その後、順調に味方は増えていった。

炎羅から授かった石榴神将の加護もあるのだろうか。集まった人々の熱意はすさまじく、すぐにでも王都へ戻ろうという期待が高まった。

だが――、行く手を阻《はば》む寒波が到来する。

夕方空が真っ白になったと思ったら、重い静寂が立ち込めた。厳粛な夜を迎え、人々が眠りについた矢先、狼《おおかみ》の群れが襲来したかのような激しい音が近づいてきた。

白い嵐だった。

天幕がいくつも飛ばされて、残った数張りに大人数が詰め寄って身を寄せる。

三日経っても吹雪《ふぶき》は収まらなかった。大暴れする自然の中、人間はあまりにちっぽけな存在だと思い知らされる。

「こんなにも気候が厳しいのね」

住み慣れた故郷を離れた民の気持ちがわかる気がした。

「困りましたね。出発のめどが立ちません」

「待つしかできないのは歯がゆいですね」

皆、半ば諦《あきら》めの境地《どち》でため息をついている。

「自然災害には、土属性の力よ」

創世神話では、災害の多い南の地へそれを抑える力を持った土属性の琥珀神将が据《す》えられたのだった。

「土地の土属性の力を強めてみたらいいのかしら」

ぽつりとつぶやくと、その場にいた人々はお互いを見合う。

「土属性のやつ、いるか？」

「俺は金だ」

「俺も」

「わたしは水で」

「俺は土ですが、力はさっぱり使えません」

各々《おのおの》自らの胸もとを暴き、金色や青色の宝玉を見せてくれる。大半が金属性で、水《すい》、土、木《もく》は少数。力の使える土属性はいなかった。

そこで、璃璃は意気揚々《いきようよう》と告げる。

「違うわ。土を生み出すのは火属性。青金地区でも、土地の水属性を高めるために金の力を注いだのよ」

「ですが、火属性はここには一人も……」

「見て」

着物の合わせへ指を入れ、ばんと開いてみせた。そこには三つの宝玉がきらめいている。

「わたし三つめの属性を手に入れ——きゃあっ」

「姫さま!!」

自信満々に明かしている途中で背後から蒼仁が羽交い締めにしてきた……わけではなく、袖《そで》を広げて璃璃を衆目から隠したのだった。

「なに？」

「みだりに肌をさらすものではありません」

「だって、印を……」

「いいから早く服を整えて。風邪をひきますよ」

反論は許さないとばかりに畳みかけられて、しぶしぶ従う。

そんな二人を見て、周囲から密やかな苦笑が漏れた。

「蒼仁殿はお母さんみたいになりましたな」

「ああ、本当に。以前は仲良し兄妹《きょうだい》のようでしたが、すっかり」

「っ、うるさいですよ、誰がお母さんですか」

照れたのか、蒼仁は耳たぶを赤くしてぶつぶつとつぶやく。

「まだ兄のほうがよかった……」

ひとしきり笑ってから、璃璃はきゅっと表情を引き締めた。

「じゃあ、試しに火の力を使ってみるわ」

天幕の出入り口へ手をかける。しかしまたもや蒼仁が止めてきた。

「お待ちください。この猛吹雪の中、外へ出るつもりですか?」

「もちろんよ」

「危険すぎます。別の方法を考えましょう」

「別のって言ったたって……」

言い合っている二人の横を、白いものがすり抜ける。

コハクだった。

一瞬の隙をつき、ぬるりと外へ出てしまった。

「だめよ、コハク!」

慌てて璃璃も外へ飛び出した。続いて蒼仁も。

横殴りの雪が容赦《ようしゃ》なく頰《ほお》を打ってきた。極まった冷たさはいっそ熱いような心地さえする。

「姫さまはここでお待ちください!　俺が捕まえてきます」

「一人じゃ危険よっ」

言われて素直に頭を引っ込める璃璃ではない。無理やり蒼仁の腕に腕を絡め、共にコハクを追った。

真っ白に沈んだ視界の中、前方には琥珀色の光がぼうっと浮かび、花と戯《たわむ》れる蝶《ちょう》のごとくふわふわと進んでいく。

(あれはコハクの瞳?)

だがおかしい。光は一つで、桜の花びらの形をしている。コハクの模様の形なのだ。

「姫さまの宝玉と同じですね」

「え、わたしのはもっと膨らんだ猪の目型の……」

「桜型も猪の目型も大差はありません。ひょっとしてあれは、土属性の琥珀玉《こはくぎょく》なのでは? 琥珀神将の導きとか……」

神秘的な光に誘われて右へ左へ翻弄《ほんろう》されるうち、突如《とつじょ》として目の前に洞窟《どうくつ》が現れる。

「ここは……?」

入り口はちょうど璃璃の背丈くらい低く、幅は二人並んで入れるのがやっと。中へ入ると除々に広くなる。ごつごつとした岩肌と不規則なすぼまりは天然の産物であることを示していた。

真っ暗闇《やみ》の中のはずが、ぼうっと浮かび上がって見えるのはヒカリゴケがはびこっているせいだろうか。

コハクはどんどん進み、迷路のように曲がりくねった先へ姿を消した。

「行ってみましょう」

「なんだかこの辺りがむかむかします。居心地の悪さといいますか……」

背を丸めて進みながら、蒼仁は胸を押さえている。

「そうかしら？　わたしはむしろ、早く早くって急かされている気がするわ」

とうとう行き止まりまでやってくる。コハクがきちんと座して待っていた。

「心配させて。だめよ、勝手にいなくなったら」

抱き上げた身体が熱い。え？　と思って脇を抱えて持ち上げると、左胸、ちょうど心臓あたりの皮膚《ひふ》が琥珀色に輝いていた。左前脚《あし》の模様と同じ桜の花びらの形に。

「なに……これ、属性の印？」

「動物にも属性があったのですか？」

驚いた蒼仁も一緒になって覗き込んでくる。

「コハクは、土属性だったの？　桜の模様は、属性の印を映していたの？」

「そいつがなんとなく苦手だったのは、『土剋水《どこくすい》』……俺の相剋《そうこく》だったからなんでしょうか」

「わたしがこの子といると安心するのは『土生金《どしょうきん》』？　もしかして、石榴王に懐いたのも『火生土《かしょうど》』の好相性だからだったりして」

言いながら、ふと思い当たる。

コハクは翠璋が嫌いだった。

表立って彼に意地悪をされた覚えはない。本性を偽《いつわ》っていた頃の彼は誰に対しても物腰柔らかに振る舞っていたから、璃璃の機嫌を取ろうとコハクにもおやつを用意したり穏やかに接したりしていたのにもかかわらず。

「土属性の相剋は木。翠璋はやっぱり……木属性なのではないかしら」

兄の警告夢で見た翠璋も、緑色の力を使っていた。

属性を偽っている可能性がある。

「彼の胸の印は人より大きく、二色が混じっているものでしたよね？」

「うん。だけれど、木属性には再生の力もあるでしょう？　夢で、苦しむお兄さまの顔を綺麗《きれい》に治していたのを見たのよ。自分の印にも、なにか表面上の細工をしているのかもしれないわ」

「そうですね。ですが、ひとまず戻りましょうか」

うなずいて後ろを向きかける。すると、コハクが大きく鳴いて身じろぎをした。

「ニャアアアー」

「どうしたの？」

またも腕からすり抜けて、洞窟の奥を向いて座り直す。

今になって気づいたが、そこには枯れた木々が焚火《たきび》をするように盛られていて、その周りを大きな岩が半円状に固めていた。さらに焦《こ》げた木片が散乱している。

「儀式のあとみたい」

「木片になにか刻まれています」

蒼仁はそれを手に取り、顔へ近づける。暗がりの中で古びた木片の文字を解読するのは難しく、ぽつぽつとしか拾えない。

「嵐、洪水、厄災《やくさい》……」

不穏な単語をいくつか解読できるのみで、なにを伝えたいのかはっきりしない。

人間たちの無理解に痺れを切らしたのか、コハクが木々の上に立ち、がりがりと掘り起こしはじめた。

「やめろ、妙なものでも封印されていたらたまらない」

とっさに蒼仁が言った言葉に、璃璃は瞠目《どうもく》する。

「封印！　まさか、琥珀神将が？」

もともと災害の多い地区だったが、あるときからいっそう激しくなったという。

琥珀神将は災害を抑える神のはずが、なんらかの事情で封印されてしまったのだとしたら。

土の相剋である木を盛って、地中に埋めてあるのかもしれない。

とうとうコハクがなにかを掘り当てる。

「これは……」

美しくおおぶりの琥珀玉――と、そこからまばゆい光があふれて洞窟中を照らす。

「姫さまっ」

蒼仁の腕にかばわれると、二人の腹と腹の合間へコハクが身をねじり込ませてきた。ふれあった瞬間、脳裏に映像が流れてくる。

――手にたいまつを持った人々が、その手を高く掲げて洞窟を進んでいる。

『邪神を封印しろ』

『平穏な暮らしを取り戻せ』

物々しく叫んでは、意味があるのかよくわからない呪術めいた歌を歌う。

行列の中心には僧侶《そうりょ》のような格好の人物がいて、両手でなにかを掲げ持っていた。林檎《りんご》ほどの大きさをした丸い――琥珀玉だ。隙なく磨き上げられた姿や大きさ、美しい形状からして、長らく信仰の対象として扱われてきたご神体と思われる。それなのに、悪人を戒《いまし》めるかのごとく枯れた蔦《つた》でがんじがらめにされている。

人々は洞窟の奥まで進むと石を積み、小さな祭壇を作り上げた。そして中央を掘り、ゴミでも捨てるように琥珀玉を投げ入れる。

『嵐が止まないのも地震が起きたのも、すべて邪神のせいだ。こんなものを崇《あが》めていたから、王は死んだ』

僧侶の言葉に、一同は奮い立つ。

『埋めろ！』

『消えてしまえ！』

『琥珀神将め！』

人々は異様な熱気に酔っていた。王城に巨大な雷が落ちて王が亡くなるという痛ましい事件が起こったのを契機に、その悲しみや恐れを土地神である琥珀神将へぶつけるようになってしまった。その思想はやがて暴走し、琥珀神将こそが邪神だと考え、ご神体を洞窟の奥へ封印しようと決めたのだった。

――だめだ、そんなことをしたら、もっと嵐はひどくなるぞ。

ご神体に宿っていた、不幸な事故で亡くなった琥珀国王の霊魂《れいこん》が叫ぶ。それでも、興奮に我を忘れた大衆に声は届かない。

土属性には相剋となる木々を大量にかぶせて、琥珀玉は封じられていく。

――いけない、やめるんだ。誰か、誰か……。

と、洞窟の隅の暗がりで白いものが動いた。

小さな野良猫だった。雨宿りをしていたところへ物々しい大衆が現れたので、逃げ場を失ってたたずんでいた。

王の魂はその子猫へ一縷《いちる》の望みをかける。

――頼む、連れてきてくれ。封印を解き、琥珀国の乱れた五行を正してくれる誰かを。金襴神王の生まれ変わりたる救世主を……。

琥珀玉がきらっと輝いた――刹那《せつな》、子猫の目の色が琥珀色に変わる。そして、左胸には琥珀玉を宿していた。左前脚には、同じ形の黒い模様が浮かび上がる。

王の使命を受けた白猫は、長の命を得た。そして、いつの日か現れる神の末裔《まつえい》を探しに旅へ出たのだった。

「コハク、あなたなの……」

白昼夢からはっと覚め、璃璃は愛しい飼い猫を見つめる。

「ニャア！」

まっすぐに見つめ返してきた琥珀色の瞳には、確固たる意志が宿っていた。

「俺にも見えました」

蒼仁も璃璃と同じ過去の出来事が見えたらしい。しげしげとコハクを眺め、感嘆のため息をつく。

コハクは亡くなった琥珀国王の想いを宿し、誤解で封印されてしまった土地神を救うため、長い時をかけて璃璃を探し、やってきたのだった。

「頑張ったのね。ずっと独りぼっちで、わたしを探してくれたのね」

「ウニャ」

「会えてよかったね。もう大丈夫よ」

「ウーニャッ」

ふわふわの塊《かたまり》をぎゅっと抱きしめる。すると、璃璃の胸もとにちりっと熱が走った。

「あっ」

「どうしました」

「これ、まさか」

思い当たる感覚に、着物の合わせをがばっと開く。

「印、増えているわ！」

そこには金、青、赤に加えて、琥珀色の宝玉が新たに輝いていた。一片の花びらが欠けた桜の花のような形になっている。

解放したばかりの琥珀神将の加護が璃璃に宿ったらしい。

「乱れた五行をわたしに正してほしいのね。それにしても……見て、すごく綺麗。つやつやして、優しくてあたたかいぬくもりのある光が」

腕に抱かれている体勢のまま詰め寄ると、蒼仁は不格好に背を反らして視線を泳がせた。

「そ、そうですね……」

「ほら、四色になったのよ。すごいわ、四属性なんて」

「早くしまってください。みだりに肌を見せるものではないと、先ほども……」

「蒼仁にもだめなの？」

「一番いけません」

意味のわからないことを言う。すっかりお母さんなのかもしれない。

「はいはい、わかりましたよー」

頬を膨らませながら着物をもとへ戻す。蒼仁はそのあいだ不機嫌そうにそっぽを向いていた。

璃璃は掘り起こされたご神体を拾い上げ、袖で磨いて大切に抱える。土属性の神としての力がきちんと発揮できる、南西の地へ祀《まつ》ってあげようと思った。

「さあ、戻りますよ」

先導する蒼仁の背中を追って外へ出る。

世界は一変していた。

墨で輪郭《りんかく》を描いたようにくっきりとした自然がそこにある。赤と橙《だいだい》と黄色の絵の具を混ぜたような明るい空に、木々は深呼吸をするかのごとく手を伸ばし、枝には林檎の実と似た形に膨らんだ鳥をのせている。

凛《りん》と立ち並ぶ幹のあいだには大きな鹿の姿も見え、その向こうには青緑色に輝く湖があった。湖の縁には熊か山犬か知れない大きな黒い動物が群れでいて、優雅に水を飲んでいる。

一気に季節が進み、春が来ていた。

「不思議……まるで夢の国みたい」

「琥珀神将の加護にあふれた優しい世界ですね」

「本来の加護に満ちた琥珀地区は、こんな素敵な場所だったのね」

宙には溶けきれなかった雪の欠片《かけら》がふわふわと舞っていて、光を浴びて金剛石《こんごう》のように輝いている。虹の中を歩んでいる心地にさせられた。

「帰りましょうか」

王都へ。

強い決意を込めて、璃璃は大きくうなずいた。

❖第五章　木の暴挙　金の帰還

一団は王都へ向かった。

出発の朝は晴れやかな空が璃璃《りり》たちを迎えてくれた。青く澄み切った東の空には、金色の太陽と桜色の新月が並び、優しくこちらへほほえんでいる。

璃璃は蒼仁《そうじん》と馬に乗って先頭に立った。

金の髪がほうき星のごとく尾を引いて、しなやかに光を振りまく。人々は金襴神王《きんらんしんおう》に導かれる心地で、昂揚《こうよう》して彼女に続いた。

直前の町でいったん落ち着いて宿を取り、情報の収集に努める。

「どうやら翠璋《すいしょう》は兵力の三分の一を西へ派遣しているようです」

斥候《せっこう》として先に様子を見に行っていた者が報告をする。

「青金《せいきん》地区の人々がずっと引きつけてくれているのね」

飢饉《ききん》の恐怖から立ち直ったばかりで国力が弱まっている中、懸命に支えてくれる彼らへ感謝の念を禁じ得ない。

「そのほかにも、東の国境に動きありとのことで、そちらへも三分の一の兵を割いています」

「東って、石榴国《ざくろこく》の？」

「はい。疫病《えきびょう》の流行により息をひそめていた当該国ですが、秋冬のうちに立て直して春先には戦《いくさ》を再開させようと目論んでいるそうです」

（それももしかして偽装？）

同盟関係は結べず、兵こそ融通してもらえなかったが、別の方法で璃璃の後押しをしてくれているのではないか。

現在王都を守る兵力は通常の三分の一。璃璃は金の髪をさらし、兵士たちと共に堂々とこの町へ入った。

死んだはずの金の姫が実は生きていて凱旋《がいせん》するという噂《うわさ》は、そろそろ都へ届く頃だ。翠璋の治世に疑問を抱く者は、きっとこちら側へついてくれるだろう。さらに王都の戦力は削れそうだ。

「わかったわ、ありがとう。もうしばらく待機しましょう。十分に身体《からだ》を休めておいて」

東と西へ割いた兵力が都へ戻るまでには二十日はかかる。十日の内に行動を起こせばよいだろう。

その後──、町には王都から逃れてきた人が続々と集まってきた。

「王城で働いていたという者が、金の姫王さまにお伝えしたいことがあると言うのですが」

「聞くわ。蒼仁も一緒に来て」

兵士に呼ばれて行くと、翠璋によって定められた標準服を身にまとった中年男性が不安げにそわそわとして待っていた。彼は璃璃を見ると、細い瞳から大粒の涙をこぼして床にくずおれる。

「金の姫さま……！」

見知った顔ではなかったが、先方はこちらをよく知っているようだった。

「そうよ。今までよく耐えてくれたわね。もう大丈夫よ」

「なんと頼もしいお言葉。妹君を心から大切にされていた王太子殿下にも聞かせてさしあげたかった」

「あなたは兄付きの？」

「はい。王太子殿下の身の回りのお世話をさせていただいておりました子衛《しえい》と申します。

くださいませ」

どうしても金の姫さまにお伝えせねばならぬと決意し、こうして参上しました。これまで我が身かわいさに口を閉ざしておりました卑怯《ひきょう》者です。どうぞ今さらとお叱《しか》りになって

「いったいなにがあったの？」

彼は涙に濡《ぬ》れたまなざしを吊《つ》り上げ、覚悟の瞳をこちらへよこす。重大な秘密を抱えているのが伝わってきた。

「王太子殿下は陛下と同じ病に罹患《りかん》して亡くなったそうで、そのご遺体は即座に密封されて準備が整い次第、荼毘《だび》にふされることになりました。ですがわたしは、どうしても最期《さいご》にお別れをしたいと思い、こっそりとご遺体の安置されていた部屋へ向かったのです。すると先客がおりましたので、身を隠し中をうかがいました。そこにいたのは、翠璋で――」

子衛が見たものは、想像を絶していた。

翠璋は遺体の胸もとへ刃を突き刺し、金の宝玉を抉《えぐ》って取り出していたのだという。

「な……」

あまりの悪寒に、璃璃は一瞬気を失いかける。なんとか気を取り直すが、続いてすさまじい吐き気がこみ上げてきた。

「申し訳ございません！　恐ろしくて恐ろしくて、わたしはその場から逃げだしました。

誰にも言えず、今までずっと隠れていたのです。もっと早く金の姫さまに告げていれば……」

泣き崩れる子衛を慰《なぐさ》めなくてはと手を伸ばすが、璃璃の手もがくがくと震えてしまってなんの役にも立たない。

必死になって、労《ねぎら》う声を振り絞った。

「伝えてくれて……感謝します。もう気に病まなくていいわ。あとはわたしに任せて」

「はい、ありがとうございます……」

涙でぐしゃぐしゃの顔を擦りながら、子衛は去っていった。姿が見えなくなってから、璃璃は両手で顔を覆《おお》う。

（もう泣かないって決めたのに。だめ、耐えなくちゃ）

まぶたをぎゅっと押さえて、大きく深呼吸をする。璃璃は皆を率いる姫王なのだから、得た情報を的確に判断しなければならない。

ようやく息が落ち着いてきたので顔を上げる。心配そうなまなざしを向ける蒼仁と視線が交差した。

以前のように頭を撫《な》でて慰めるなどの子供扱いはしてこない。そこに安堵《あんど》して、少しだけ平静を取り戻せた。

（そうよ、過ぎたこと。冷静に状況を見極めなくては）

　ぐっと歯を食いしばってから、ゆっくりと息を吐く。

「翠璋はお兄さまの宝玉を手に入れて、どうするつもりだと思う？」

「自分の力にしようとしたと考えるのが自然かと」

　彼もまた動揺しているのを押し隠して、低い声で答えてくれる。

「誰かの宝玉を奪って自分の力にできるものなのかしら」

「ほかの樹木に寄生して根を生やすヤドリギという木もあります。おそらく木《もく》属性の彼にはそれに近い力があるのでしょう。たとえば自分の胸もとへ奪った宝玉を埋め込んで、力として取り入れられるとか」

「そういえば翠璋の印は、人一倍大きかったわ。あれは双属性《そうぞくせい》だからかと思っていたけれど、わたしのは違う」

　璃璃の印は四つそれぞれが独立している。翠璋のように色が混じって大きいものではない。

「双属性は非常に珍しく、比較対象がほとんどいません。ですから、悔しながら我々はいとも簡単に騙《だま》されてしまったのでしょう。彼は生来の木属性の上に、付け焼き刃的に他者の属性を植えつけて凌《しの》いでいたのかもしれません」

翠璋は先代の丞相《じょうしょう》の息子とされている。しかし、丞相は強い金《きん》属性で奥方も同じだった。彼らは金属性であることに誇りを持った一族なので、近い身内はほとんど金属性だ。金襴国《きんらんこく》内で金属性の次に多い水《すい》属性の身内は一人や二人いたとしても、相剋《そうこく》の木属性は誰もいない。だから、隔世遺伝で木属性を引き継いだという仮説は成り立たない。

夫妻はすでに故人のため確認はできないが、翠璋は出生にも秘密がありそうだ。

「民に緑柱国《りょくちゅうこく》の伝統服を強《し》いたり、金襴神王を否定したりするのは、きっと緑柱国に深い縁があるのね。だからお父さまを恨《うら》んでいたのかも」

かの国を直接的に滅ぼしたのは璃璃の父だった。翠璋の行動原理はそのあたりにあるのかもしれない。

「だとしても情状酌量《じょうじょうしゃくりょう》の範疇《はんちゅう》を超えています。下手な同情はなさいませんように」

「その心配は無用だわ」

兄を殺害したどころか遺体を辱《はずかし》めた男を許せるはずがない。

怒りで我を忘れそうなくらいなのだから。

(絶対に罪に問うてやる)

璃璃はそっと胸へ手を置き、密やかに息を整えた。

──懐かしい金襴国王城の隔離の宮が見える。

これは、夢だとわかっている夢──警告夢だ。

璃璃は気を張り詰めて、周囲を見渡す。

声が聞こえた。子供の泣き声だった。

『母上、母上ー』

頭を振って瑠璃紺《るりこん》色の短い髪を乱し、黒い瞳を涙でぐしゃぐしゃにした少年が、白い棺《ひつぎ》にすがりついている。

(蒼、仁……!?)

出会ったばかりの頃の彼だ。たしかまだ八歳だったはず。

『お願いします、母上を連れていかないでください』

しかし、白い衣をまとった複数の官吏《かんり》が、無情にも子供を引きはがして棺を運び去っていく。

ひどい胸騒ぎを覚えて、璃璃はそのあとを追った。

(この夢は、わたしへなにを伝えたいの?)

遺体は狭い部屋に安置され、官吏が去ると誰かがやってくる。

（まさか）

心臓がどくんとはねる。昼間に子衛から聞いた恐ろしい話を思い出した。振り返れば、それと似た光景を見てしまうとわかった。それでも、見えない糸に引かれるようにその人物へ視線を向ける。

（翠璋――！）

まだ十代の若さを宿した少年の彼が、ぎらつく小刀を手にしていた。ゆっくりと棺へ近づいていき、その蓋《ふた》を開ける。

まるで眠っているかのごとく涼やかな表情をした女性が現れた。遺体の胸の前合わせを暴いた翠璋は、そこに青の宝玉を見つけてほくそ笑む。

（ああ、嫌、お願い、やめて）

両手を組んで立ち尽くす。璃璃の願い虚《むな》しく、翠璋は腕を振りかぶって……。

「いやああ!!」

「フシャー！」

叫びと共にがばりと起き上がる。枕もとで寝ていたコハクが驚きのあまり毛を逆立て、しっぽを膨らませていた。

秒を置かず、隣の部屋にいた蒼仁が跳び起きてきて部屋の戸を激しく叩く。コハクは大きな音に怯《おび》えて、とっさに布団の中へ身を隠した。

「姫さまっ、入りますよ」

「あ、うん……」

冷や汗で額《ひたい》に張りついた前髪を整えながら寝台に座り直す。

「いったいなにが!?」

「ごめんなさい、夢を見ただけよ」

「夢……そうでしたか」

あからさまにほっとする彼を見て、胸が痛む。これから璃璃は彼に耐えがたく悲しい話を聞かせなくてはならない。

翠璋は蒼仁の母の遺体から水属性の証《あかし》を奪った。そして自《みずか》らの緑色の印の上へ植えつけた。宝玉の色は二色が混じり、不思議な色となった。……それは金にも薄水色にも見えた。

彼はこうして、自分が金と水の双属性と見せかけたのだった。

「まだ朝までは時間があります。お休みください」

「待って」

無事を確認して出ていこうとする蒼仁を、引き留める手が震えた。

「聞いてほしいの。ここへ来て」

「どうしました？」

「座って。夢の内容を伝えるわ。とてもひどいものだけれど、伝えないといけない」

「わかりました……」

彼は申し訳なさそうに寝台の隣へ腰かけた。

璃璃は震える指先を握り込み、呼吸を整える。

話すのは、つらい。同じ目に遭わされた兄を思い出してしまうから。

遺体に刃を突き立てられて属性の証を切り取られるなど、耐えがたい屈辱《くつじょく》だ。吐き気がする。

それでも、知らないままでいたかったわけではない。むしろ知りたい。璃璃は無知で愚《おろ》かな幼いお姫さまではない。

翠璋がなにを思い、なにをしでかしたのか、すべてを暴きたい。きちんと知った上で、彼を糾弾《きゅうだん》したいし罪に問いたい。

（きっとそれは蒼仁も同じ）

覚悟を決めて、彼をまっすぐに見つめた。

「青金国《せいきんこく》の王妃さま、あなたのお母さまの話よ。お亡くなりになった日——」

できるだけ淡々《たんたん》と、夢で見た事実を伝える。

こちらの主観を交えたり動揺をあらわにしたりすべきではない。聞いていてつらいのは蒼仁なのだから。

「……翠璋はご遺体を暴き、持ってきた刃で青金の印を奪ったわ」

「そんな――、母の、身体を……」

彼の声がかすれる。

「そう。手に入れた印を自分の宝玉に重ねて埋め込んだの。我が物にして、ちょうどいい塩梅《あんばい》の色になったといって、木属性なのを隠して金と水の双属性だと偽《いつわ》ったのよ」

警告夢が知らせたのはここまでだが、その先もわかってしまう。

味を占めた翠璋は以来、死者から属性の印を奪い続けた。時の経過と共に使えなくなった宝玉を外して、その代わりに新しく手に入れた印を埋め込んだ。繰り返すうち、服を着替えるくらい気軽に行うようになっていった。

「お兄さまの遺体を傷つけたというのも、その一環だったのよ。きっと犠牲になったのは一人や二人ではないわ」

「それは……なんとも、許しがたい行為、ですね……」

彼は両手をゆっくりともたげ、額を覆う。大きな手の陰《かげ》で、唇がぶるぶると震えていた。

「蒼仁?」

「すみません、驚いてしまって。王太子殿下の件もですが、母のことはずいぶんと昔で、さすがに思いもよらず……」

幼い頃に別れて独りぼっちになった絶望を思い出させてしまった上、悪夢のごとき暴挙を聞かされたのだ。とても正気ではいられないだろう。

呼吸を浅く繰り返し、彼は激情を抑えつけようとしているようだった。

（ああ、蒼仁）

いつだってなにかがあれば、素直に泣いて怒って感情をぶちまけるのは璃璃のほうだった。それが今、まったく正反対の状況だ。

璃璃がつらくてたまらないとき、蒼仁はいつも傍《そば》にいてくれた。時には同調して共に悲しみ、時には蜜《みつ》のごとく甘やかして存分に泣かせてくれた。

しかしあの日――父と兄を相次いで亡くして茫然《ぼうぜん》自失《じしつ》としていたとき、蒼仁は強い言葉をかけてきた。子供扱いせず、一人の人間として、また誇り高き王族の娘として、彼は璃璃と向き合った。涙を止め、顔を上げて、自分の足で立ち上がれるよう、叱咤《しった》激励《げきれい》してきた。

璃璃という人格を、彼は守ってくれたのだ。

どんなに救われたか。

彼がいたから、今がある。

強くなれた。優しくなれた。笑顔を取り戻せた。

（だから、今度は……）

白い手をそっと大きな背へ当てる。緊張にこわばっていた彼の肩が、ひくりと上下した。なだめるふうに小さく撫でると、彼は顔を覆っていた手をゆるゆると下ろす。充血した目がこちらを見た。ふ、と微笑が浮かぶ。

璃璃は思わず首を横に振る。

（無理しなくていいの）

その手を摑《つか》んで膝《ひざ》上へ押しつけた。

（わたしがいるから、大丈夫よ。わたしが傍にいる）

意図せず、璃璃の手はぼんやりと金色に光った。力をこめると、金の光は彼を慰めるように皮膚《ひふ》へ染み込んでいく。

（ね、蒼仁？）

「……姫さ、ま」

「なにも言わなくていい」

蒼仁は、唾《つば》をのみ込んでうつむく。その瞳は不安定に揺れていた。

じっと見つめたりしたら、彼はまた無理をして笑うだろう。だから璃璃も視線を落とした。

膝の上には、つながった二人の手がある。いつも璃璃を困難から守ってくれた頼りがいのある彼の手が、今日は小さくなって柔らかな璃璃の手に包まれている。

胸の内にぽっと火が灯《とも》った。

――愛《いと》おしい。

守りたい。

想いはあふれて、川となる。

(わたしが守る、蒼仁を)

指先に力を入れると、手の内で彼の指がぴくりと動いた。

空気が優しく揺らいで、金色の光に青色が混じる。お返しとばかり蒼仁もまた手を光らせて、慈愛に満ちた力を璃璃へ送ってきた。

言葉はなくとも、想いが通じた。

(あたたかいね)

どちらからともなく寄り添った。隙間《すきま》なくぴったりとふれあうと、胸の鼓動も重なった。

確かな響きが大きくなって、ますます力が満ちてくる。互いを思いやって力を送り合うのはとろけるほど甘美で、ほんのりとくすぐったかった。

正面の窓からは、淡紫《たんし》の東雲《しののめ》が見える。もうすぐ夜明けだ。

（まだ明けないで、このまま、しばらく――）

密やかに甘い交歓に酔いしれていたい。

だが……やがて空には赤みが増し、淡紅色《たんこうしょく》を経て金色に輝き出した。

「こんなときでも、朝日は希望の色に満ちていますね」

「そうね」

前を向かなくては。

青金王妃の無念、蒼仁の想い、すべてを背負って璃璃は立ち上がる。

（大丈夫、頑張れる）

だって、蒼仁が傍にいてくれるから。彼にとっての璃璃もそういう存在でありたい。


「おはようございます、金の姫王さま」

「おはよう」

のろのろと支度を調えてから部屋を出ていくと、外が騒がしいのに気づく。

「なにかあった？」

「実は先ほど、南から謎の一団が到着しまして」

「南？」

琥珀《こはく》地区にはほとんど人は住んでいないし、翠璋の迫害を逃れて来ていた人々はすでに璃璃の仲間となってここにいるはずだった。

「二、三十名ほどの集団で、なぜか皆、獅子《しし》の仮面をつけております」

「獅子の仮面って、まさか」

「あっ、お待ちください」

兵士を振り切り、宿屋の出入り口へ向かう。どこからともなく蒼仁が追ってきて、外へ出る頃には合流していた。

そこには、赤で裏打ちされた黒い外套《がいとう》を羽織った騎乗の集団がいた。先頭にいた大柄な男性がこちらに気づき、軽く手を挙げる。

「よう、璃璃。久しぶりだな」

「嘘《うそ》、どうして陛下が……」

「おっと、ここではその呼び方はするな。炎羅《えんら》、と」

馬からひらりと飛び降り、炎羅は目前までやってくる。獅子の仮面を取り外し、精悍《せいかん》な面をさらしてにかっと笑んだ。

璃璃は予想外の人物の登場に面食らい、ぽかんと立ち尽くす。

後ろで蒼仁が冷静なつっこみを入れてきた。

「『炎羅』というのは偽名ではなく御名では？　陛下呼びと変わらない気がしますが」

「うるさい従者だな。細かいことは気にせず呼べ」

「……もしかして姫さまに名前で呼んでほしかっただけですか？」

「やかましい」

なんだかよくわからない言い合いをはじめてしまった。

璃璃はようやく正気を取り戻して、炎羅へ向き直る。

「陛……ではなく、炎羅さま？　なぜここへ？」

「加勢に来たぜ」

「え？　同盟は成らなかったはずでは？」

「国を挙げて来たわけじゃない。これは俺の私兵だ。個人的に味方してやるって意味だよ」

「でも……噂では東の国境へ兵を配置して、翠璋の目を引きつけてくれているって……」

「ああ、そっちは正規軍だな。俺たちは敵の目を欺《あざむ》き、南を経由して来た」

「そんな……。ありがたいですけれど、なぜそこまで？」

炎羅はふっと鼻を鳴らすと手を伸ばしてくる。金の髪を一房その指に絡め、くるりと巻いた。

「言っただろう？　未来の嫁に貸しを作っておくんだ」

「炎羅殿！　ご冗談はそこまでに」

眉を険しく吊り上げた蒼仁があいだへ割り入ってくる。炎羅は目を細め、顎《あご》を撫でた。

「お前たち、今にも死にそうな顔色だな。決戦を前に怖《お》じ気《け》づいてるのか？」

「な……」

璃璃も蒼仁も互いに顔を見合わせる。

言われてみれば、常より青ざめているような。原因の一つは寝不足だが、まだ警告夢の衝撃が残っていたせいだろう。

「仕方ないな、俺が先陣を切ってやるから安心しろ」

さすがにあっさりと「お願いします」とは言えない。璃璃は大きく首を横へ振った。

「それはわたしの役目です」

だが、炎羅はおおらかに否定してくる。

「卑怯者相手に正面からぶつかってどうする。最初に正体不明の兵が暴れれば、相手は動揺する。お前は俺の後ろからゆっくり来い。混乱に乗じて城内へなだれ込み、一気に敵を追いつめるんだ。それが町へも城へも被害を最小限に留められる手段だ」

さすが炎羅は長年前線に立っていただけある。彼の策はこれ以上ないほど魅力的だった。

(被害を最小限に抑えられるなら)

借りは大きくなるが、乗らない手はない。これ以上翠璋の専横に苦しむ人々へ心労を課せたくなかった。

ごくりと唾をのみ込み、炎羅を見据《みす》える。

「では、お願いしてもよろしいですか」

「そういうときは、もっとかわいらしく頼むものだぜ」

「かわいらしく……」

幼い頃から璃璃は周囲の大人に「かわいい」「かわいい」と言われて育った。かわいいは得意分野のはずだが、改めて意識するとなにが正解かわからない。

(とりあえず子供っぽく振る舞えばいいのかしら)

両手を組み合わせ、首を傾《かし》げて上目づかいに炎羅を見つめる。

「お願い、炎羅お兄さま」

「……」

一瞬の沈黙ののち、彼はぶはっと豪快に笑った。

「思ってたのと違うがそれはそれでいい。承知した」

頼りになる味方を得て、その日、金の姫王は挙兵した。


王都は兵力が東西に分散されていた上、戦慣れした炎羅が率いる正体不明の兵の乱入で混沌《こんとん》を極めていた。

璃璃は策通り隙を狙って城門をくぐった。町には兵の怒号と民の放つ悲鳴が飛び交っている。血が凍える心地がしたが、被害を最小限にすると誓ってくれた炎羅を信じ、まっすぐ城へ向かう。

「敵襲だ」

城へ入ると至る所から武官が湧きだしてくる。璃璃をかばって前へ出る兵士をかき分け、璃璃は声を張った。

「剣を収めなさい、わたしが璃璃よ。金欄王の正統なる後継者です！」

金の髪が窓から差す陽《ひ》に照らされて、磨き上げられた黄金のごとく輝いた。細く凛《りん》とした眉の下、瞳は幾万の星を秘めてきらめき、鋭く上げたまなじりには愛嬌《あいきょう》が宿る。挑むように開いた唇は熱い情熱を表す赤色で、きめ細やかな頬《ほお》は興奮で薄紅色《うすべに》に色づいている。

美しく可憐《かれん》で優美ながらも威風堂々とした気配が漂うその姿は、まごうかたなき王者の風格を備えていた。

大空へ舞い上がる鷹《たか》のごとく手を高々と挙げれば、相対した武官たちは武器を取り落としてへなへなと床に膝をつく。

「まさか」

「金の姫さまが……」

「お帰りになった、我らの王が」

璃璃はおおらかにうなずき、問いかける。

「簒奪《さんだつ》者の翠璋はどこ」

武官の幾人かが、同じ方向を指さした。

玉座の間へ。

城内で最も立派で華美な装飾を施《ほどこ》していた両開きの扉は、璃璃が離れて一年弱しか経《た》っていないのに深く苔《こけ》むして、蔦《つた》が蜘蛛《くも》の巣のごとくびっしりと絡まっている。

「これが木属性の力……。自分から出てくるつもりはなさそうね」

びしっと指さし、兵士に命じる。

「壊して」

「はい！」

斧《おの》を持った兵士らが進み出て、石のように頑丈なそれを打ち壊していく。一振りごとに床が震え、城が悲鳴を上げた。

ところどころに穴があきはじめたところで、璃璃は彼らを止める。

「そこまででいいわ。あとはわたしが」

両手に金色の光を溜めた。

金属性は木を剋する。

璃璃の力で、翠璋の守りを破るのだ。

（お父さま――、お兄さま、族長さま、それから、ほかにも……）

父や、翠璋の私欲のために失われた命へ想いを馳《は》せ、皆の無念と恨みをのせて、目の前の扉を打ち砕いた。

「……乱暴な女になったものですね」

土埃《ぼこり》がもうもうと立ち込める向こうに、人影が浮かび上がった。

「いや、もともとでしょうか。執務室でもわたしを切り裂いてくれましたね。捨て身の攻撃はなかなか痛かったですよ、姫」

「翠璋！」

記憶にある姿より、彼は歳《とし》をとって見えた。

目の下にうっすらと浮かぶくまがそう見せるのかもしれないし、頬から顎にかけて生えた無精ひげのせいかもしれない。

その後ろには、剣や槍《やり》を構えた武官が扇状に並んでいる。どの顔にも見覚えがないのは、翠璋が自分のために新しく揃《そろ》えた者たちだからだろう。

蒼仁が剣を掲げたのに倣《なら》い、璃璃に従う兵たちも武器を構えて左右へ広がる。

一触即発の空気の中、璃璃は翠璋へ語りかけた。

「攻撃が効いたようで嬉《うれ》しいわ。もう痛い思いはしたくないでしょう？　すでに大半の兵はわたしのもとへついた。降伏しなさい」

「おや、助けてと言えば、許してもらえるのですか？」

意地悪く右眉を上げて揶揄《やゆ》する口調で言ってくる。璃璃は軽く息をついた。

「まさか。一生許さないわよ。でも、あなたに従わされている人たちは救いたい。それだけ」

「彼らのことですか？」

背後をぐるりと見渡し、翠璋は口角を吊り上げる。

「そうよ」

「くく、勘違いも甚《はなは》だしい。彼らはわたしの忠実なるしもべですよ。緑柱国の正統なる王、ひいては大陸すべてを支配する王者のね」

「緑柱国の王？　やっぱり、あなたは丞相の息子ではなかったのね」

父に滅ぼされた亡国の王族がひっそりと生き残っており、成長したのち過去の恨みを晴らそうと策を巡らし、身分を偽って潜伏していたのだ。

まっとうな思考を持った人物であれば、もっと平和的に祖国の再興を目指したのかもしれない。

だが翠璋は、当時の緑柱国の王城にはびこっていた禍《わざわい》、『悪意』を最も色濃く引き継いでいた。残虐《ざんぎゃく》で非道な方法でしか、願いを叶えるすべを知らなかった。

「やはりとは、すでにお気づきだったのですか？　小賢《こざか》しいことだ、わたしが愛した愚かな姫は、もうどこにもいない」

「あなたは誰も愛してなんかいないでしょう？」

「そんなことはありませんよ。わたしにも愛していたものがありました」

傲慢《ごうまん》な瞳には、かすかな憧憬《どうけい》が灯る。つかの間、故郷でも思い出したのだろうか。

だが、またたきと共にそれは消えた。闇《やみ》に落ちた目がかっと見開かれる。

「無駄口は終わりです」

背後を振り返り、右手を挙げるや、さっと下ろす。

「今度こそ金の姫の息の根を止めなさい！」

「は！」

武官たちが一斉に武器を掲げて押し寄せてくる。負けじと、こちら側の兵士も応戦した。剣戟《けんげき》の音があちこちで上がり、雷鳴のごとく反響する。

（将を射んと欲すればまず馬を射よ、彼らを止めるのが先だわ）

一目散に翠璋をめがけて突撃したいところをぐっと堪《こら》える。翠璋に従う者たちはおそらく皆緑柱国の者、すなわち木属性だ。相剋の金の力で対抗する。

味方を傷つけないよう、けれど敵もできるだけ命を奪わないように、金属性の力を発し、足もとへぶつけた。まずは彼らの動きを止める。

「おもしろい、わたしも真似させてもらいますよ」

だが、璃璃は完全に失念していた。翠璋もまた兄から奪った金属性の印で璃璃と同じ力が使えることを。

「うわああっ」

こちらの兵士たちが、翠璋の発した光に足を砕かれ、血しぶきが上がった。床へ転がり、のたうち回る。

「やめて！」

金の力には火《か》属性。璃璃は両手から炎を生み、翠璋へぶつけた。

「おっと」

今度は翠璋が水属性の力を具現化し、対抗する。

水には土《ど》属性。だがそれはまた、彼の木属性に打ち消される。

（堂々巡りだわ……）

四属性を手に入れた璃璃と、無茶な改造で手あたりしだいに他者の属性を奪った翠璋の力は拮抗《きっこう》し、戦況は混沌としてきた。

周囲をおもんぱかって力を駆使《くし》する璃璃に比べて、翠璋は味方を誤って傷つけようがおかまいなしだった。

捨て身の攻撃に勝るものはない。徐々に彼の力が圧《お》し勝ち、璃璃たちはじりじりと後退を強いられていく。

（なにか、手立てはないの？）

額に汗をにじませ、金、水、火、土の力を使い分けながら、それぞれの神へ訴えかける。

（金欄神王さま、青金神将《しんしょう》さま、石榴神将さま、琥珀神将さま、お願い。もっと力を貸してください。こんな禍の塊《かたまり》みたいな人に、負けられないの）

けれども、神々の応《いら》えは聞こえない。

（わたしがなんとかしなくちゃ。なんとか……）

両手で拳《こぶし》をつくり、金の力を溜める——と、

「ニャア！」

「えっ、コハク⁉」

背後の壊れた扉をくぐり抜け、愛しい飼い猫が走り寄ってきた。

「どうして来たの？　危ないわ」

宿屋に預けていたはずなのに。

慌《あわ》てて抱き上げると、コハクの左胸の琥珀玉《こはくぎょく》がちかっと閃光《せんこう》を放った。

（まぶしい！）

同時、脳裏に声が響く。

『頼む……』

「え」

翠璋の苦しげな声だ。反射的に彼を見るが、不遜《ふそん》な表情はそのままである。

（今の声は）

彼のものであって彼のものではない。いったい誰のものなのか。

翠璋の放つ木属性の力が璃璃に襲いかかった。蒼仁が即座にかばってくれたので、すんでのところで救われる。

「危ない！　って、コハク!?　追ってきたんですか？」

「そうみたい。あっ、また光って」

重ねて先ほどと同じ声が聞こえた。

『君が、なんとかしてくれるのか？』

（誰なの？　わたしになにをしてほしいの？）

手の内でコハクが、胸を光らせたままじっと璃璃を見つめて、なにかを訴えてくる。

（コハクの玉と共鳴している？　じゃあ、琥珀神将？　それとも、琥珀国《こはくこく》の亡き王さま？でも……）

胸もとへ視線を落とせば、璃璃の宝玉も明滅している。琥珀色だけではなく、金色も青色も、赤色も、全部。

すべての神の加護が、不思議な声と共鳴しているのだ。

（まさか……）

再び翠璋の攻撃が届く。

その力が目の前で蒼仁の刃に打ち砕かれたとき、またも声が届けられた。

『暴走を、止めてほしい。わたしの力は、このように使われるものではない』

（あなたの力……緑柱神将なのね？）

正体に気づいた瞬間、翠璋の放った金属性の攻撃が迫る。

「姫さま！」

かろうじて蒼仁に腕を引かれて――金の刃の餌食《えじき》を逃れた。

「防ぎきれません、いったん引きましょう」

「だめよ、助けなきゃ」

「助ける？　誰を？」

緑柱神将を助けるには、どうしたらいいのか。炎羅からは石榴神将の加護を預けられた。

似た感じで、璃璃が翠璋から木属性の加護を譲り受けられればいいのでは。

（なら、こうするしかない）

心配性の蒼仁は絶対に許してくれない方法だ。わかっていても、なさねばならない。

「ごめんね」

先に謝っておく。

そして、その胸へコハクをぽんと押しつけた。

「え」

思わず抱き留めた蒼仁は、手の内でこれまた驚いて毛をぶわっと逆立てたコハクに注意を奪われる。その隙をついて、璃璃は身を翻《ひるがえ》した。

「翠璋、覚悟!!」

金と水と火と土、四つの力をすべて携《たずさ》え、決死の形相で翠璋へ向かって突撃を試みた。

「く……」

四属性が入り混じった光に、相手は一瞬どの力で対抗するべきか混乱した。とっさに自らが最も得意とする木属性の力を具現化する。緑色の光が放たれた。

（そうよ、それでいい）

璃璃は両手を広げ、叫んだ。

「緑柱神将、あなたを受け入れます！」

緑色の光が閃《ひらめ》いて、力強さを増す。一秒後には、身体が緑に包まれた。

（熱い！）

先ほど放出したばかりの四色の光が璃璃を守り、膜を作って取り囲む。それでも木属性の力は根を張らんと、ぐいぐい肌へ侵食してきた。

緑の世界の向こうでは、蒼仁が叫んでいる。声は聞こえない。代わりに、緑柱神将の言葉が響く。

『わたしの力は、大地を緑で覆うもの。豊かさと、再生の象徴……』

（知っているわ。人を傷つけるものではない。邪《よこしま》な使われ方をされるのは、耐えがたかったでしょうね）

暴れる木の力は、璃璃の全身の細胞を舐《な》めるように溶け込んできた。これまでの他属性の加護とはまるで違う感触だ。異物感に肌がぞわぞわと粟《あわ》立つ。きっと長い時間翠璋の悪意にさらされていたせいだ。

（鎮《しず》まって）

両腕で自分をぎゅっと抱きしめて、懸命に訴える。

（全部受け入れるから。もう二度と、悪意も、飢饉も、疫病も起こさない……正しく五行の力が満ちた世界を、わたしが作るから。安心して、すべてを渡して）

光の核が、璃璃の胸もとへすうっと吸い込まれた。徐々に光は色合いを淡くして――やがて消える。

とたん、璃璃の体力まで尽きたらしく、膝からがっくりと崩れ落ちた。

「姫さまっ」

頼もしい腕に支えられる。蒼仁が顔を紙のように白くして目を剝《む》いていた。

「なんて無茶をされる！」

コハクもまた璃璃の足に身体を擦りつけ、必死に不安を伝えてくる。

（ごめんね）

口を開いても、声がかすれてしまってほとんど音にならなかった。それでも、身近にふれあう彼らには伝わったようだ。

「謝ったって許しませんよ」

「ニャー！」

（泣かないで）

「泣いてません！」

「ニャアーン！」

二人と一匹の正面では、翠璋が兵士に囲まれていた。中央で彼は、自らの胸もとを押さえている。

「な……んだ、これは……」

緑柱神将の加護は璃璃へ移った。彼の胸で輝いていた緑の印は消え、燃えかすのごとき鈍《にび》色の塊と化している。

「なぜ印が……、力が……」

彼はなにが起こったのか把握《はあく》しきれていない様子で、うろたえていた。四方八方から剣を突きつけられている絶体絶命な状況には、まるで気を払っていない。

璃璃はなんとか立ち上がり、一歩ずつ彼へ近づいていった。

「あなたの加護は、わたしに移ったわ」

「は……？」

「緑柱神将が望んだことよ。私利私欲のために力を利用されて、神将は苦しんでいた」

「な、んだと……!?」

目を剝き、こちらへ向かってこようとしたところを兵士たちに止められる。璃璃は立ち止まり、自らの胸へそっと手を置いた。

「金襴神王、青金神将、石榴神将、琥珀神将、そして緑柱神将。五柱の加護が今、ここにある」

「返せ！　それはわたしのものだ」

「返せですって？　こっちの台詞《せりふ》よ、お兄さまから奪ったくせに！」

とっさに叫び返してしまう。蒼仁もまた、低い声で凄《すご》んだ。

「母からも奪ったのですか？」

翠璋はほんのわずかに眉をひそめる。

「母親？」

「俺の母……青金王妃の亡骸《なきがら》を暴いたのでしょう？」

「青金王妃……？　亡骸？　……ああ、そんなこともあったか？　ずいぶん昔で、ほとんど覚えてはいない」

「遺体に刃を向けて辱めるなんて暴挙を、覚えていないの!?　嘘でしょう」

思わず璃璃は興奮に声を高くする。しかし、翠璋はこちらの言わんとすることをまるで理解しない。

「死者に宝玉が必要ですか？　むしろわたしの力となれて喜んでいるはずだ」

「そうやって奪ってきたのね。穢《きたな》い欲望の犠牲となった一人一人をちゃんと覚えていないくらい、たくさん。神にでもなったつもり？」

とたん、翠璋の額に青筋が走る。

「金襴国王の娘がそれを言うのか!?　わたしからすべてを奪ったのはお前らだ！」

獣の咆哮《ほうこう》に近い叫びがぶつけられる。

常に慇懃《いんぎん》無礼《ぶれい》な態度だった翠璋の、激昂《げっこう》した姿を見たのは初めてだった。

「わたしの祖国を踏み荒らし、王族を根絶やしにしたのは誰だ？　お前らではないのか？　すべて聞いていたぞ、母の腹の中で。緑柱国が踏みにじられ、跡形もなく消された日の出来事を！　奪われた者たちの怨嗟《えんさ》の声を！」

緑柱国が滅亡したのは璃璃や蒼仁が生まれるより前のことで、詳しくは聞かされていない。だが記録によれば、王城内には悪意がはびこり、政治は腐敗して民が虐《しいた》げられて苦しんでいたのを、金襴国王が救った形だ。

それでも、父が滅ぼした王族には家族がおり、それが翠璋だった。

「お腹《なか》の中？　では、あなたのお母さまは逃げのびて……？」

「城で殺されたさ。忠実なしもべによって骸《むくろ》から取り出され、匿《かくま》われたのだ、わたしは。お前らに復讐《ふくしゅう》するために」

「……っ」

凄絶《せいぜつ》な境遇を聞いて、少なからず動揺する。

彼は見たことも会ったこともない祖国と身内の妄執《もうしゅう》に囚《とら》われながら生きてきたのだ。

（つらかったでしょうね。でも）

璃璃は大きく首を横に振り、もう一歩踏み出す。

「経緯はどうあれ、あなたの内心がどうだったであれ、王城内での『翠璋』は丞相の子息で若手の出世頭《がしら》で、人々から慕われていたわ。寄せられた信頼は本物ではなかった？　なにも感じなかった？　それに、政治の上層部にいたあなたなら、過去の緑柱国の記録を調べたでしょう。それでも、一方的に『奪われた』と思ったの？」

翠璋は唇を嚙《か》みしめる。胸もとの鈍色の塊からは、赤い血がどろりと流れた。宝玉でなくなったそれは溶けてなくなり、あとにはくぼみが残る。

「青金国の王子だった蒼仁だって奪われた側よ。でも、あなたのようにはならなかった」

「姫さま……」

「本当にそれがつらかったのなら、同じ境遇だった青金王妃を辱めたりしないはず。祖国だとか復讐だとか、全部詭弁《きべん》よ。結局、あなたは私利私欲に走っただけの傲慢な人だったのよ！」

核心をついた言葉に、彼の血走った眼《まなこ》がさらに見開かれる。とたん、大きく両手を振り払った。拘束《こうそく》していた兵士の胸倉を摑み、胸もとの宝玉を暴こうとする。

「うわあっ」

「お前の印をよこせ!!」

「やめなさい！」

止めようと踏み込んだ璃璃へも、翠璋は無茶苦茶に身体をよじって手を伸ばしてくる。

「全属性の力！　ほしい……よこせ！」

「させるか」

蒼仁の銀色の刃が弧《こ》を描く。剣が閃《ひらめ》く音と肉が斬《き》れる音、そして翠璋のくぐもった呻《うめ》き声が響いた。血しぶきを受けた蒼仁が、璃璃の前へ出る。

「二度と姫さまにはふれさせない」

「ありがとう、蒼仁」

「あなたを守るのが俺の役目ですから」

「また守られちゃったわね」

「いいえ。本当は守られたのは俺のほうです。格好をつけてすみません」

「蒼仁ったら……」

　二人の目前で、右手からぼたぼたと鮮血を滴《したた》らせる翠璋は、どこか夢見心地な囁《ささや》きを漏らす。

「血が……わたしの高貴な血。王太子も、その妹も、従者まで……よくも」

　痛みでほとんど力が入らないだろう手を、淡い緑色に光らせる。失った木属性の再生の力を無理やり使おうとして――、その指先は深緑色に変色し、ざわざわと苔に覆われていく。

「くそっ、ならば水の癒《いや》しの力で」

　赤らんでいた頬がさっと蒼白《あおじろ》くなった、と思えば、脳天からとろとろと溶けだして、輪《りん》郭《かく》が崩れていく。

「止まれ、固まれ！」

瞳が金色にまたたいた……と同時、びきびきと音を立てて彼の下半身が硬化していく。

「これは……いったい」

かばってくれる蒼仁の指先が震えている。璃璃はその手をぎゅっと握った。

「きっと無茶苦茶に属性を改変し続けた反動よ」

「彼に下された罰なのですね」

邪な身体は木となり、水となり、金となり、土と混じり合い、醜《みにく》くどろっとした黒い液体の塊と化していった。

「なにが、いけなかった、んだ……、そうか、火の宝玉だけが、なかった。あれが、あれさえ、手に入れば……！」

妄執に囚われ続けた男の末路に救いはない。

璃璃はゆっくりと目を閉じてから、再びかっと見開いた。

「火がほしかったのね。わかったわ、あげる」

石榴神将の加護を具現化させて、翠璋だったものへ放つ。

黒い塊は食らいつくようにそれをのみ込んだ。赤い炎は琥珀色へ変わり、金色に輝いて、蒼白く燃え上がって――。

鼻が曲がりそうな臭いに誰もが顔をそむけた一瞬のうちに、翠璋の醜い身体は黒い灰となって……消えた。

しん、と静寂が落ちる。

それから……、

「我らの勝ちだ」

誰かの茫然としたつぶやきで、時が再び動き出した。

「勝ったぞ」

喜びの声は伝播《でんぱ》して、徐々に大きくなり、城中に響き渡った。

「金の姫王さま、万歳！」

扉の中で、外で、それから城の外からも。賑《にぎ》やかな合唱が聞こえてくる。

（ああ、表に出て応《こた》えないと）

気丈に身を翻した刹那《せつな》、視界がゆがむ。身体に力が入らず、がくんと膝が折れた。

「姫さまっ」

（大丈夫、眩暈《めまい》がしただけ）

答えたつもりが、今度こそ声にもならない。ゆるゆるとまぶたが閉じて……璃璃はしばしの眠りの世界へと落ちていった。

篡奪者の翠璋がいなくなり、金欄国には再び平和が訪れた。

璃璃はひとまず先代王の遺児として玉座に腰かけるが、正式な戴冠《たいかん》はもう少し先にする予定だ。

というのは、翠璋が強引に進めた改革の傷が深く、城の体制も民の心持ちも一気に心機一転というわけにはいかないからだ。

一年間で目まぐるしく生活を変えさせられ不安を募らせた人々の心に寄り添い、ゆっくりと時間をかけて新たな国づくりを目指していく。

「遷都《せんと》してはいかがでしょうか」

新たな国の仕組みについて話し合っている中で、一人の官吏が意見を述べた。

「金の姫王さまは今後、ご自身で各地を巡りその土地の五行の力を高めていきたいとおっしゃいました。ならば、王都を東西南北どこへも最短で行ける交通の便のよい場所へ移すのもありかと思います」

場がざわめいた。賛成と反対と意見がそれぞれ上がり、議論は活発に進んでいく。

璃璃は今回、各地を巡って確信したことがあった。

金襴神王の創世から遥《はる》かな時間が流れ、人々から五行の力が失われつつあるのと同じく、土地からも加護が薄れている。

それが引き金となり、世の中を苦しめた三つの禍を招くことになったのだ。

三度《たび》このような禍を呼び寄せないよう、大地の五行の力を高める必要がある。それには、全属性を手に入れた璃璃が直接足を運び、土地そのものへ働きかけねばならない。

しかし──、

「いくら金の姫王さまといえど、全土へせわしなく足を運ばれるというのは現実的ではありません」

官吏の正しい指摘には、うなずかざるを得なかった。

「そうね。すべて一人でやろうとするのは無理があるわ。東は石榴国王にお任せしようと思うの。彼は強い火属性だし、先の戦いでも力になってくれた。正式な同盟関係はまだ結べていないけれど、友好国であるのは確かよ」

翠璋打倒の際に力を貸してくれた炎羅は、騒動後に国へと帰っていった。

最後まで璃璃との婚姻《こんいん》による同盟を望んでいたが、璃璃は戴冠を先延ばしにしていることを理由に断った。炎羅は納得して帰国したはずなのだが、あれからひと月が経った今も、「戴冠はどうなった」、「婚姻の話は進めていいのか」と書簡《しょかん》が届く。

どこまで本気なのかわからない……が、友好的な関係を築こうとしてくれているのは伝わってきた。

「東はよしとして南北と西を考えなくちゃね。南は先日封印されていた琥珀神将を解放して、ご神体の玉を仮に祀《まつ》ってきたわ。そこへ人をやって、きちんとした祠《ほこら》を作れば当面は大丈夫だと思うの。早急に向かうべきは荒廃したままの北の地ね」

そうすると、西へは必然的に代理の誰かを送るべきで。

(信頼できて、水属性が使える人は……)

自然と璃璃の視線は左を向く。そこには、いつも傍で支えてくれた蒼仁が変わらず控えていた。

(蒼仁が行ってくれたら一番いいわ)

ぱあっと瞳を輝かせると、彼は不審げに見返してくる。

「なんですか」

「あのね、残る西をあなたに――」

「嫌です」

「え?」

先回りして告げられて、璃璃はきょとんとする。しかも、全力の否定だ。いつだって璃璃のわがままを聞いてくれた彼が、やけに反抗的な瞳でにらみつけてくる。

「俺はあなたの傍を離れないと何度言ったらわかるのですか？」

「それは……危険な逃亡中だったからで」

「違います。いつ如何《いか》なるときもです。だいいち、姫さまだって言っていましたよ。『最後まで一緒にいて』と。あれは嘘だったと？」

「嘘……ではないわ」

石榴国の王都へ入る前、たしかに二人でそんな誓いをした。極限状態だったからこそ真面目に誓い合ったものだが、平和になった今改めて思い出すと……、妙に背中がこそばゆい。

「ならば問題ありませんね。俺はすでに一生涯を姫さまへ捧げています。永遠に隣に控えさせていただきますから、ご承知おきを」

やけに開き直って言われるが、璃璃はかえって焦ってしまう。

「一生涯はさすがに言いすぎよ。だって、あなたはいずれ故郷へ帰って王さまにならなきゃいけないのに」

「俺の故郷はここです」

「違うでしょう。青金国よ。族長さまへご挨拶《あいさつ》をする約束をしたから、わたしも近いうちに向かうけれど、それまでは蒼仁にお願いしたいの。信頼しているからこそ、あなたに頼みたいのよ」

「信頼してくださるのは結構ですが、それとこれとは別問題です」

「なにが別なのかわからないわ」

「では具体的にお尋ねしますが、姫さまは本当にいいのですか？」

蒼仁はぐいっと身を乗り出してくる。

「俺がいなくなっても寂しくはなりませんか？　青金国と金襴国と、遠く離れた地で暮らすというのは、ほとんど会えなくなるということなのですよ？」

（会えなくなる）

はっとして息をのむ。

かれこれ十年以上、彼と顔を合わせない日はなかった。常に傍にいて、他愛《たわい》ない話をして、顔を見合わせて笑い……。

旅のあいだは特にぴったりと一緒だった。共に励まし合い、支え合ってきた。彼がいたから頑張れた。彼のおかげで今がある。

璃璃にとっての蒼仁は――自らの半身も同然だ。

「寂しくなりませんか？」

「もちろん……寂しいわ」

言葉にすると、具体的に想像してしまう。

――蒼仁が傍にいなくなる。

喉の奥がきゅっと詰まり、息が苦しくなった。

(寂しいどころじゃない)

彼が傍にいないなど、考えられない。考えたくない。――耐えられそうにない。

「ほらご覧なさい。訂正するのなら今のうちですよ。失ってからでは遅いと、あなたも重々承知しているでしょう?」

(失ってから……)

蒼仁を失うなんて、とんでもない。

璃璃は急激に勢いを削がれて声を震わせた。

「やっぱり、だめ。ここにいてほしい、かも」

「『かも』じゃいけません。『傍にいなさい』と命じてください」

(でも、それは……蒼仁の人生を縛ってしまう願いで……)

ぐずぐずと悩んでいると、成り行きを見守っていた官吏の一人が見かねたふうに声を上げた。

「いっそお二人がご結婚なされればよろしいのではないでしょうか？」

するると、ほかの者たちも堰《せき》を切ったように口を開き出す。

「わたしもそう言いたかった」

「蒼仁殿は青金国王となり、金の姫王さまと二国を共同統治されたらよい」

「これ以上ない名案だ」

「将来お子様たちが生まれたなら、北と南の太守になっていただくのはどうか」

「それですべてが丸く解決」

「さっそく婚姻の日取りを占わねば」

「その前に戴冠式だろう」

「金の姫王さまのが先か？　蒼仁殿が先か？　やはり姫王さまが優先だな！」

「いや、ご一緒の日取りでもよいのではないか？　場所も同じくして」

「もう戴冠式も結婚式も同日でよいではないのか」

「それがいい」

どんどん盛り上がり、話は勝手に具体化されていく。

「ちょっと待って、みんな……飛躍しすぎよ！　わたしたちはそんな次元の話をしていたわけじゃないの。蒼仁もなんとか言って」

彼の袖《そで》をぎゅっと摑んで訴えかける。

しかし、こちらを見つめる彼は瞳を細め、ゆっくりと口角を上げた。まんざらでもなさそうに無言で笑み崩れる。

「な……っ、その顔は、なに？」

「なんでしょうね？」

「だめよ、蒼仁。前に言っていたのを思い出して。わたしが結婚するときは『そこらの姑《しゅうとめ》よりも厳しく審議する』ってことだったじゃない」

ここぞとばかり、ちゃんとご意見番よろしく皆の主張を退《しりぞ》けてくれなければ。

それなのに、彼は悪戯《いたずら》めいて首を傾げるだけで、暴走する臣下たちへなにも言ってくれない。

「いいの？　このままだとわたしたち、あっという間に結婚させられる流れよ」

（結婚。結婚……!?　蒼仁と！）

言葉に表すと一気に具体化されて、胸の中にぼっと火がついた。

（変よ、蒼仁は水属性なのに、火とか……）

未知の感情に混乱して、わけがわからないことを考える。蒼仁はいまだになにも言わない。ただすべてを見透かすようなまなざしをこちらへ向けている。

（居心地が悪い……ような、そうじゃないような？）

さっきから心臓がばくばくとうるさくはねている。

このままでは妙なことになりそうで。

ひとまず落ち着かねばと、熱を持つ頬を両手で押さえ、窓の外を見上げた。

春先の淡い太陽に、ちょうど薄雲がかかる。金色に透ける雲は、楕円《だえん》形に琥珀色、赤色、青色、緑色の層を作り、空に虹のごとく渦を描く。

彩雲《さいうん》だ。

午後ににはにわか雨があるかもしれない。けれどその後は、美しい虹が架かるだろう。

金襴国の前途にはまだ一波乱が残っていそうながら、未来は輝かしいものに違いなかった。

※この作品はフィクションです。実在の人物・団体・事件などにはいっさい関係ありません。

集英社オレンジ文庫をお買い上げいただき、ありがとうございます。
ご意見・ご感想をお待ちしております。

● あて先
〒101-8050　東京都千代田区一ツ橋2-5-10
集英社オレンジ文庫編集部 気付
後白河安寿先生

金襴国の璃璃

奪われた姫王

集英社
オレンジ文庫

2023年4月24日　第1刷発行

著　者　後白河安寿
発行者　今井孝昭
発行所　株式会社集英社
〒101-8050東京都千代田区一ツ橋2-5-10
電話【編集部】03-3230-6352
【読者係】03-3230-6080
【販売部】03-3230-6393（書店専用）
印刷所　凸版印刷株式会社

ISBN 978-4-08-680499-8 C0193

集英社オレンジ文庫

泉 サリ

原作／中原アヤ　脚本／吉田恵里香

映画ノベライズ

おとななじみ

おさななじみのハルに片想いする楓を、
鈍感なハルは「オカン」扱い。
同じくおさななじみの伊織と美桜に相談し、
ハルを諦めることを決意した矢先、
今度は伊織に告白されて…!?

集英社オレンジ文庫

白洲 梓

威風堂々悪女 11

再会を果たした雪媛と従者たちは
シディヴァの領地を目指すが、
厳しい検問が行われなかなか進めない。
そんな中、青嘉がシディヴァの軍に加わり
前線で戦っていると知らされて…?

――――〈威風堂々悪女〉シリーズ既刊・好評発売中――――
【電子書籍版も配信中　詳しくはこちら→http://ebooks.shueisha.co.jp/orange/】
威風堂々悪女 1〜10